佐藤光良作品集　父のこけし

七月堂

目次

父のこけし

一

冬が近づくと、私は父を思う。

雪が降れば、屋根や梢から、それが音をたてて落ちるまっ白な景色とともに思い出す。父は、ひとり故郷を離れ、雪深い東北の地で、こけしを挽《ひ》いていた。

父が作っていたこけしは、弥治郎系といわれる系統の伝統こけしであった。それは、細い胴に、いろいろな色のロクロ模様が帯のように描彩され、その胴にくらべて、頭の方がやや大きめなのがひとつの特徴である。つまり、父は、頭でっかちのこけしを作っていたわけである。

『こけし・美と系譜』（鹿間時夫・中屋惣舜著）という本によると、「佐藤誠は嘉三郎の弟子、大野栄治の兄弟子で、師匠の家を出、平市で誠孝といっていたこともある（昭和十一年、平時代）。戦後は高崎で活動、さらに花巻に移って、南部系の藤井梅吉型を作ったりしている。型が激変する注目すべき工人である」とされている。

父は、こけしの型ばかりでなく、その生活のうえでも激しい転変の一生を送った。土橋慶三氏の『こけしガイド』には、その父の略歴が要約されてでているが、そこではつぎのようにいわれている。

「佐藤誠　福島県伊達郡五十沢村佐藤金七の次男。九歳で小倉（嘉三郎）家へ小僧に入る。徴兵検査まで修業。

軍隊三年を経て、昭和二年二月、平市で独立開業。

昭和二十年、戦災で工場閉鎖。

其後数奇の運命を経て昭和三十四年十月より花巻市へ転居、こけしを挽いている。

最近、弥治郎系こけしの外に、鉛の故藤井梅吉型を継承して復活製作している。木地、描彩ともに最近の作は油がのって、腕の冴えを見せている。」

徴兵検査で、十数年刻苦の修業をしたであろう宮城県白石市福岡村八宮（現在）の弥治郎部落を出、軍隊から郷里五十沢村にもどったころの父は、もちろんこけしを挽いていた。

昭和二年に木工場を「独立開業」してからもしばらくは挽きつづけていたが、やがて工場が軌道にのるにつれて、父はこけしから離れていく。工人から経営者に変わっていったわけである。

この工場は成功して、全盛期には、分工場もできて百人に近い職工がはたらく規模になったようであるが、しかし、その隆盛は長くは続かなかった。昭和二十年、つまり終戦の年に、父は工場を手放さざるをえない事態に遭遇するからである。「昭和二十年、戦災で工場閉鎖」とあるのは、このあたりの事情をさしている。

もっとも、工場閉鎖の原因が、「戦災」とされているのは事実に反している。他の本——東京堂出版刊の『こけし辞典』にも、「昭和二十年八月、終戦の約一週間前の、米軍の仙台、郡山、平の爆撃で、平の工場は全焼した。このショックで、(佐藤誠は)一時は半病人のようになってしまったという。結局、工場の敷地を手放し」うんぬんとする記述があるが、これも同様で、誤記と思われる。

たしかに、そのころの父が、「半病人のようになってしまった」ことはあるようである。そして、工場を手放したことも事実である。けれども、それは「戦災」で工場が「全焼」したためではなく、当時の軍部の圧力があってそうせざるをえないところに追い込まれたためだった。工場は、軍部と結びついたある大企業によって強制的に買収され、それで父の手を離れた、というのが真相だ。

私は、この父の長男である。下に妹の香代子と弟の誠治がいる。いまでは三人とも大きくなってそれぞれに独立しているが、工場を失った父が、その再建を夢みて各地を転々としはじめたころは、当然のことながらみんな幼く、私もまたやっと小学校に入学したばかりであった。

そのころの記憶は、すでにぼんやりとうすれてしまってはいるが、それでも、父の転地先を追って、私たちもまた転々とした思い出は忘れることができない。

母も、まだ三十歳になったかならないかであった。その若い母が、背中に赤ん坊の弟をくくりつけ、小さなおかっぱ頭の妹の手をひき、花の柄のある着物の裾を振りみだして駅へ急いでいる光景も、脳裡に焼きついていてはなれない。

この光景のなかの私はといえば、それだけは真新しいランドセルを背負い、両手には、なにをつつみこんだものか、子どもがもつにしては少し大きすぎる風呂敷包みをかかえて、一所懸命歩いている。途中で、赤ん坊がいきなり泣きだすようなことがあると、母はきまって私の方を振りむいたから、なかのものは、あるいは弟のオシメやなにかのごたごたであったかもしれない。そういうときには、私は道端にしゃがみこみ、その風呂敷包みのかたい結び目を、一刻も早く解こうとして真剣だったような気がする。

しかし、そんなふうにして母と子がかけつけた先に、約束どおり、父が待っていてくれたためしがなかった。

行った先は、会津若松や郡山、千人風呂があった飯坂温泉、そして仙台だったりして、そこに着くとしばらくは家を借りて住み、私も新しい小学校に通ったりしたから、父がいなかったというのではない。

が、私は父の姿を見なかった。ひょいと思い出したようにあらわれても、すぐにあわただしく家を出て行ってしまうのである。そういうときにはまた、その直後にこれはきまってあらわれる「おじさん」たちがいた。そして、母にそう教えられていた債権者の「おじさん」の出現によって、それでなくても父が颪のように去って殺伐となった家は、いっそう荒れて、暗い空気につつまれるのがつねであった。

「おじさん」たちは、顔かたちはさまざまであったが、どの人も同じ紙きれをもっていて、それをまた同じような手つきで母につきつけた。腕をぐっとつき出し、その形相もただならぬ険しさであった。親父《おやじ》のこの不始末をどうしてくれるのか、ということであったろう。

母は、力なくうなだれる。はじめのうちは気も張っていて詫びつづけるが、時間がたつにつれてその気力は萎え、いよいよ深く頭をたれて、しまいには目もうつろになって途方にくれたようにぼんやりとなる。そうしてまもなくすると、その目にもみるみる涙をにじませて、まだふっくらとした頬をぬらした。

そんな母になるころまでには、「おじさん」もだいぶしびれをきらしている。それで、目のまえの若すぎる母を相手にしていてはいっこうに埒《らち》があかないこともさとると、ちょッと舌打ちをして立ち上がる。

部屋を出ていくときには、ガランとした家のなかをひとわたり見、ときには、その隅につっ立って、それまでの一部始終を目撃している私の方に、ギョロッとした目をよこしたりした。

こういう日の私は、おそらくは母をいじめる「おじさん」の顔を、プッと頬をふくらましてにらんでいたにちがいない。あるいは、数多い「おじさん」のなかには、仕方なさそうに顔をしかめてみせ、私のぼうず頭をぐりぐりとやり、励ますつもりにもなって帰っていった人があったかもしれない。そんな「おじさん」の方が多かったような気もする。

が、そのときにはもう、私は「おじさん」のことよりも母の方が気になっていた。母は、子どもの目にもぬけがらの人形のようにぐったりとなり、客を見送りに立つ気配もみせないからである。

その母は、やがて玄関の戸がしまる音がひびくと、まるでそれが合図でもあったかのように、突然に、ワッと泣き伏すのだ。

それからの家のなかは嵐であった。奥の赤ん坊が目を覚まして泣きだし、さっきから母親にまつわりついてぐずっていた妹も、ヒーという奇妙な悲鳴をあげて、にぎやかに泣く。そして、そういうときの私は、小さな私自身もまた、それまでは一心にこらえていたものがもうこらえきれなくなって、やはり泣きだしたにちがいないのに、どういうわけか、記憶のなかでは涙さえうかべていない。私は、家の嵐をじっとみつめながら、しかし、頭のなかではきりきりと父のことを考えているのだ。

母と子が、このような生活と訣別したのは、戦後六年目の春だった。私たちは父を追うことをやめ、郷里の平に帰る。そして、それ以後十数年近くは、父の行方も知らず、父からの連絡もとだえて、父と母子はまったくはなればなれになってくらすのである。

二

年月のたつのは早く、肝硬変が命とりとなって父が急逝してから、もう三年がたつ。今年もまた冬が近づいて、来月の七日が命日だ。

私は、父を知らずに育ったが、同時に、父がこけしを作る人だったということも、大きくなるまでまったく知らなかった。子どもの私には、くりかえし事業に失敗しておちぶれはてた、みすぼらしい父でしかなかったのである。

この父の像は、やがて再会して、昔、父がこけし作りであり、ふたたび工人にもどったことを知ってからも、なかなかにくずれなかった。その像を、私は憎んでもいたからである。

これには、その後も父と私たちとが別べつの土地と家に住み、日常的にふれあうことがなかった事情も影響していたであろう。父が郷里の家に顔をみせるようになるころには、すでに私は家を離れていた。

その私が、こけし工人としての父を思うようになったのは、いま振りかえれば父の死の直前だった、といえる。

新宿の書店で、なにげなく手にしたこけしの本に、父の名をみつけて、私はおどろくのだ。いろいろあるこけしの本のなかには、佐藤誠という名ばかりでなく、父が作ったというこけしが写真にとられているのもあって、いよいよ目をみはった。そして、「……木地、描彩ともに最近の作は油がのって、腕の冴えを見せている」などとある解説を読んでいくにつれて、私は、父を見なおすつもりにならないわけにはいかなかった。

父の足跡を本気で調べはじめたのは、それからしばらくして、父の死に出あって以後のことである。母にも聞き、わかったことは人に話をせずにはいられなかった。あのみすぼらしい父の像についてではなく、いくらか名のとおったこけし工人としての父を語れるのは、子のよろこびであった。うれしくて、父の死後きょうまで、どれほどの友人や知人にしゃべってきただろう。

ところが、つい一カ月前のことだった。私の話に、

「ほおー」

と興味をしめした、すでに白髪の知人に、「それで佐藤君。君のところに、お父さんの作ったこけしはどのくらい残されているの？　ぜひ見たいもんだね」

といわれて、私はハッとなった。それから、顔をあからめた。

私は、こけし工人の父を語りながら、その父の作ったこけしを、自分の手もとに一本ももっていないことに気がついたのだ。

父のこけしが、佐藤の家にないというのではなかった。それどころか、いまでは遺作とよばれるようになってしまったそれはたくさん残されていて、郷里の母と弟とが大切に所蔵している。

それらの遺作が、どれくらいあるかかぞえてみたことはないが、平の家に帰れば、こけしの群像だって見ることができた。玄関や居間、廊下にまで棚をしつらえてならべられ、右を向いても左を向いても、家のなかはあきれるくらいこけしだらけなのである。

大小さまざまなこけしたちは、どれもこれもがきそって微笑していてにぎやかだ。小さいものは前に、大きいものは当然うしろの方に、そして中くらいのものは小さなこけしの頭の上から背伸びするようにして、こちらをのぞき見ている。思わずドキリとさせられたり、ときにはウインクしてやりたい可愛らしさで、こけしは生きてならんでいる。

それなのに、東京の私の家には一本もない。散逸をふせぐためにとりよせなかったという理由はあるが、それだけではなさそうだ。

白髪の知人の家を辞して、豊島園の駅までの夜道を歩きながら、私は考えこんだ。もしかしたら、私は、ほんとうに父のことを語ってはこなかったのではあるまいか。人に話してきたのは、父のことではなくて、父を見なおすつもりの私自身の熱した気持ちばかりではなかったろうか。

そうして、眉根をよせ、あれこれ思いめぐらしながら、駅で乗車券をかい、人けのない改札口を通り抜けようとしたときであった。私は、そこの駅舎から、のっそりと出てきた力士のように大きなからだの駅員を見、キップをさしだすと同時に、はっとなった。

家に、父のこけしがあることを、ふいに思い出したのである。あったはずだ、と思ったのだ。

今年五歳になる私の長男が、やっと歩きはじめたばかりのころ、しきりにころがしたり、投げとばしたり、なめたりしていたあれは、たしかに父のこけしだ。幼児でもにぎれるくらいに小さくて、白い木地のままのこけし。胴のまん中がくびれていて、模様はなかった。頬に紅《べに》がなく、頭のてっぺんもスミ一色で黒ぐろと塗られているだけで、ひどく貧相なこけしだった。いやにできのわるいこけしだな、と思ったこともある。

私は、子がそのこけしの首をくるくるとまわして遊んでいたことも思い出すと、とたんに、心に火がついた。

だが、あのこけしは、まだ家にあるだろうか。家のどこにあるだろうか。それがあることをいまになって思い出したくらいだから、もうずっと以前から見ていない。

子どものおもちゃ箱の中かもしれない。あるとすればあそこしかない、と私は考えた。すると、こんどは、もうとっくの昔に捨てられてしまっているのではないかという心配な気持ちにとらわれだした。なにしろ、あれはひどくへたくそなしろものだったし、古くからあって、汚れてもいた。

私は、いくども電車を乗りついで井の頭線の西永福に着くと、家に向かって駆けだした。人通りのとだえた暗い道を走りつづけて家に帰った。

子どもたちはすでに眠っていた。下の二歳の女の子の添い寝をしていた妻の佐貴子も、一緒になって寝入っている。

私は、目覚めやすい子らを気づかって、明りをつけようとして一度はあげた手をおろすと、台所にもどって懐中電燈をとりだした。そしてそれをもって、六畳の部屋いっぱいにしきつめられた布団のすそをまわり、半間の押入れのまえに膝をついた。

そっと戸をひき、内部《なか》を照らした。おもちゃ箱はやたらとあって、どれもこれもが怪獣でいっぱいだ。

アーストロン、エレキング、サドラ、デストロン……すっかり上の子に覚えこまされたテレビ怪獣を一ぴき一ぴきとりだしていったが、こけしは出てこない。

私は、気が急いた。ないはずはないんだ、と意気張る気持ちにもなり、奥の方の箱をグイとひきよせた。その拍子に、山もりになっていたおもちゃがくずれて、音をたてた。

「あなた？」

佐貴子が気づいた。「どうしちゃったの、押入れなんかにもぐったりして。……電気つけてもいいわよ」

「………」

「今夜も一緒にねむっちゃったわ、わたし……、だめねえ……」

「うむ……」

なおも押入れを探索しつづけていると、

「あなた夕飯は？」

といって、佐貴子が立ち上がった。そして、蛍光燈のつまみをひき、部屋のなかのごたごたがさらけ出された瞬間、私はドキリとなって、声をあげた。

「あった！」

さがしていたこけしは、散乱しているおもちゃのなかに埋もれるようにしてころがっていたのである。明かりがそれを照らした。

私は、こけしをひろいあげた。それから、両手で髪をなでつけながら台所に立っていこうと

している妻に、

「このこけし、うちにいつからあった?」

われしらず興奮して、大きな声を出した。

が、いま目覚めたばかりの妻にはひびかない。

「……こけしをさがしていたの。いやだわ、泥棒みたいに懐中電燈もったりして」

と、笑いさえする。

私は、思わずもう一度大声を出しそうになったが、それはこらえて、

「うちに、いつごろからあった、ほんとに」

と、聞いた。

すると、さすがに妻も真顔になり、

「そうね、だいぶまえからよねえ」

と考えるふうをしたが、しかし、その夜はそれきりであった。

三

私の仕事は、月の後半からが忙しい。

ある出版社の月刊雑誌の編集部が職場で、そのころになると、依頼してある原稿の督促をしたり受けとりに出かけたり、あわただしい毎日になる。

少ない部員でこなさなければならない雑誌だったから、出先からもどると、今度は急いで原稿に朱を入れ、割り付けをして印刷所に渡さなければならない。そして、月末になると印刷工場まで出張して校正もやるといった忙しさで、せっかく父のこけしを見つけだしながら、それをながめてばかりいられない時期になった。

振りかえってみると、私がこういう仕事をするようになってから、すでに七年がたっている。十九歳の春に上京してしばらくは、新宿の牛込にあった印刷会社ではたらいていたが、五年目にすすめる人があって、神田にあるいまの出版社にかわった。

この転職は、これまでの私の歩みのなかでは一つの転機になっている。印刷所では、文選工として来る日も来る日もうす暗い工場ではたらいて外に出ることはまれであったが、編集者となると生活は一変して、一挙に世界がひろがった。そういう気がした。

日々、本になじむようになって勉強もでき、ものを見る視野もだんだんとひろがった。そしてそのことは、世の中のあれこれの複雑な事象にたいしてばかりでなく、父の一生を見る目についてもいえるような気がしている。

たしかに、父の変転はひどいものだった。そのはなはだしさは、あるいは父の特異な気性に起因してのことかもしれない、と思ったこともあるくらいだ。思っただけでなく、実際に、その気性を利己的とも野心家的とも思いこんで、父への嫌悪をつのらせた時期もある。

けれども、それだからといって、くりかえしの事業の失敗の根源を、そういう父の気性からばかり見ることはできない、といまの私は思う。一九四五年八月十五日をあいだにはさんだ戦前、戦後の、時代そのものが激動した年月に、父と同様の「数奇の運命」をたどった親たちは、けっして少なくはなかったはずだと思うからだ。戦争が、国民生活のいっさいを破壊した。

父の一生は、そういう時代の一つの反映ではなかろうか。抑圧され、翻弄されつづけてきた国民一人ひとりの運命の一部として、父の「数奇の運命」もあるのではないだろうか。そう考えてみると、妻子もかえりみずにひた走ってとまらなかったひところの父の暴走も、気性そのものさえもが、時代の悪弊をもろにかぶってあらわれでたもののように、私には思われてくる。——

父の工場がもっとも盛んだったのは、昭和十五、六年の、いわゆる平時代であった。そして、そのころに私も生まれているのであるが、父にとっては、この時期が一生のうちでもっとも張りあいのある得意の時代であったろう。「社長、社長」などと呼ばれて、鼻をたかくしていたかもしれない。

このころの父が撮された数葉の写真が、郷里の母所有のアルバムに貼ってあるが、そのうちの一枚は印象的だ。猿股一つの裸の父が、丸太でくんだ筏《いかだ》にのって得意然としているのである。

昭和十六年七月、平の町が台風に見舞われて、洪水が起こった。工場は川添いに建っていたから、川からあふれでた濁流で、敷地はみるみるうちに水位を高めた。その勢いは、ほどなく工場も家屋もすべてのみこんでしまうのではないかと家の者が息をのむほどのもの凄さであった。そこで急遽、即製の筏がくまれるのである。

写真のなかの筏は、人の十人ものれるくらいのバカでかさだが、のっているのは、やにわに筏師となり、へっぴり腰で棹をにぎっている一人の長身の職工と、もう一人、父だけである。その父が、あわてる気配もみせずに、かえって落ち着きはらった裸姿で悠然と腕ぐみをし、あぐらをかき、笑ってもいるのだ。その笑い顔は、さすがににが笑いのようではあるが、見ようによっては、ふいの大水もまた一興だ、とでもいうふうに鷹揚《おおよう》で、明るい。

この一葉の写真は、だれが撮ったものかはわからない。あらたまって聞くほどのこともない。まちがいなく、屋根の上に避難した家族のだれかが機転を利かして撮ったものだろうが、それが若かった私の母であってくれればいいとは思ったことがある。

かわら屋根の傾斜に足をすべらせそうになりながら、筏に向かって、

「おとうさん、おとうさん、こっち、こっちをむいて」

と、しきりに父に呼びかけて撮ったものなら、まだ転々とするまえの父と母にも幸福なくら

しがあったのかと、子の私の心もなごむ。そして、これにはいろいろとつじつまのあわないことがあるのを承知で、あるいはその私の想像があたっているかもしれないと思うのは、筏の上の父の表情のゆたかさのためなのだ。

若い妻に、おとうさん、おとうさんと呼ばれて写真機を向けられたとき、それでなくても無骨な父には、

「こうか、こんなポーズはどうだ」

などとは、とてもとても口にはできなかったにちがいない。そうではあるが、しかし父には母の気持ちがかよっていた。筏の上の父の照れたような、はにかんでいるようにも見える笑い顔は、そうしてその口もとに浮かんだのではあるまいか。きっとそうにちがいない、と思わないではいられない父の明るい表情であり、写真なのだ。

この一枚の傑作はまた、父の本来の気性をも語っている。親もとを九歳にして離れ、弥治郎部落の他人の家に子守りとして住みこみ、長年辛抱もして修業した忍耐強い性根と、それをのりこえて身につけた磊落《らいらく》さとが組み合わさって、しぶとくそれはかたちづくられたのではないか、という思いにさそう力ももっているのだ。そういう父でなければ、筏までくまなければならなかったふいの大水のそのときに、どうして笑ってなどいられるだろうか。悠然と腕ぐみをし、どっかとあぐらをかいていられるだろうか。

このように思いめぐらせば、おおもとのところでは、そのおおらかな表情も裸姿も、父の工場の隆盛の反映であることはわかっていても、やはり父の素顔をみるようでなつかしい。このとき、母は結婚して三年目の二十四歳、父はいまや働きざかりの、ちょうど四十歳であった。

しかし、そのころは戦争の時代であった。

幸せな日々にも暗い影はその濃さをましつつあったろう。それればかりか、平の大水があったその数カ月後には太平洋戦争がはじまって、いわゆる十五年戦争は急速に泥沼化していく。そうして戦局は、やがて支配者の意図どおりには進展しなくなり、その打開のためにつくられた産業報国会も強化されて、軍需工場への強制徴用もはじまった。

ほどなく「平和産業」の中小企業に転廃業者がふえるのも国策によってである。玩具類の製造にあたっていた木工業についてみても、その多くが、いわゆる七・七禁令（奢侈品等製造販売制限）によって規制され、戦局の悪化とともに瀕死の状態においやられていく。抜き型、穴明き型、打ち出し型、曲げ型など、それなしには玩具を作ることのできない「型」までもが、兵器に必要な貴金属として強制供出させられるようにもなった。

このような重圧をうけて、父の工場も玩具製造を停止させられた。木馬、歩行器、木製の汽車などを作っていた工場は、かわりに日本陸海軍の指定工場とされて、軍属の監視のもとで軍需品の製造にあたるようになる。そうして、そこでは樫の木の銃や銃剣、弾薬箱、軍部専用の

「経理家具」などが作られるようになり、きのうまでのおもちゃ工場は一転して兵器工場に変貌し、これが契機となって、父の工場はF重工という大企業に目をつけられ、買収されるという道筋をたどるのである。

軍部と結託したF重工は、買収した工場とその敷地を、飛行場にする計画だったといわれる。土浦、水戸、仙台などの太平洋沿岸の諸都市にも、「本土決戦」にそなえるという名目での同じような計画があったと聞くから、F重工の父の工場への工作も、その一環であったにちがいない。

だが、この計画は実現しなかった。その直前に、日本軍国主義は敗北するからである。おおまかではあるが、これが父の手から工場が手放された経緯であり、さきの「工場閉鎖」の、いわば真相でもある。

『こけしガイド』や『こけし辞典』のなかで、「戦災」あるいは工場の「全焼」のためとされているのは、なにかのまちがいではあるまいか。あるいは、生前の父自身が、人にそのように語ってこみいったいきさつを伏せていたのかもしれないが、事実は、かりに父が経営者としての企業保持の野心から、玩具製造から訓練用兵器製造に転換するさいにすすんで軍と結びついたかもしれないと疑ってみる場合でも、「工場閉鎖」にいたる顚末の大筋が変わるわけではなく、それが時の軍部と独占企業の圧迫と強制による手痛い犠牲であったことはあきらかである。

このとき、父はF重工の工作にたいして、かなり頑強な抵抗をこころみたようである。もともと工場を売り渡すつもりがなかった父が、F重工の打診を拒否し、「市のため、国のため」といって仲介にはいった当時の平市長にたいしても返事をしぶっているうちに、突如軍部に呼びだされ、横須賀の憲兵隊に拘留される、ということがあった。そして、父が買収工作に屈したのが、一度の取り調べもなく約三カ月間拘留され、栄養失調とノイローゼとで憔悴《しょうすい》し、ボロボロの身で帰されてまもなくのことだった、という逸話もあるのである。

「一時は半病人のようになってしまった」といわれていることのなかには、あるいはこのような椿事《ちんじ》が映されているのかもしれない。が、いずれにしても、そのようにして父は工場を手放した。そしてまもなく八月十五日をむかえ、父は、その後こけし工人にもどるまでの十四年間を転々と放浪することになるのである。

四

月が変わって、十一月になった。

月末にひとまず仕事のくぎりがついてホッとなった私は、社からもどると、例のこけしを手にとってみることが多くなった。

そのこけしは、父が花巻に移り住んでから復元したとされている故藤井梅吉型であった。こけしの足にあたるウラをかえしてみたとき、そこに毛筆で、佐藤誠作、梅吉型とあって、わかったのである。

けれども、この型に私が気づいてからも、それはいつ父からもらったものなのか、いつごろから家にあるのかということになると、それについては、その後もいっこうに思い出すことができなかった。

もっとも、この白い木地のままの、どこか寂しげで貧相なこけしも、かりに晩年の作だと仮定すれば、私の手もとまでの経路は明白であった。父が帰郷した折においていったもののなかから、やはり母の家に帰った私が東京にもちかえったということが考えられるからである。

そういう機会は、父と再会して以来、とくに父が平泉に定住するようになったあとは、私にも少なからずあった。

が、そのころに見た父のこけしは、ほとんどが弥治郎系のそれであった。華麗な衣裳のこけしであって、白木地の梅吉型ではなかった。それに、その作りもこのようにはまずくなく、私の目にもそれとわかるほど、いかにもこけしらしいこけしで、微笑も明るい可愛らしいものであった。見る人が見れば、佐藤誠という老工人の腕の冴え、その技巧の円熟さえも感じとったかもしれないと、いまは思えるほどのものだった。

こうして、そもそも私の仮定は早晩くずれ去る運命にあったわけだが、しかし、それ以前には、まったく父との接触がなかった私にしてみれば、そうとでも考えてみなければ、皆目見当がつかないというあやふやなところにおち込むしかなかったのである。

それで私は、その後も執拗に妻の佐貴子に聞くことになったのだが、妻の答えは、いつも「そうねえー」をくりかえすばかりで、記憶も私以上にあやふやであった。少しは話になっても、それはいつかあらぬ方向にそれて、私自身苦笑するほかないようなたわいないやりとりになってしまうのだった。

「そうねえ、もしかしたら晋《しん》が生まれたときの、おじいさんのお祝いかもね、そのこけし……」

「……親父にお祝いなんかもらったか、おれは知らないぞ。まさかこんなこけしを送ってきたなんてことはないだろう」

「そうよねえー、でもあのとき、おじいさんになにをもらったかしら。お金だったかもね。そうだわ、きっと。あたしたち、なにをお礼したかしら……」

「……ほかになにか送ってきたなんてことはなかったか、平泉の名産物とか」

「そうねえー」

「……いや、いい、いいよ……」

なにかと一緒にこけしが送られてきたとしても、そのこけしも梅吉型ではなかったろう。こけしが送られてきたということも、記憶にない。

ただ、こういう妻との間《ま》のびしたやりとりのなかで、佐貴子が揶揄《やゆ》的に口にしたひとことが、私の心に残った。それは、もしかしたら、そのこけしは結婚するまえから私の手もとにあったのではないかという、それまでの攻守ところをかえた妻の方からの私への問いであった。

これには、私もどきりとした。それまで私は、上の子がそれで遊んでいたことばかりが頭にこびりついていて、そのイメージをたよりに経路を思い起こそうとしていたために、佐貴子と結婚する以前のこととは思ってもみなかったからだった。そして、私がおどろいたのは、もし結婚前のこととして考えると、父からそれをうけとるチャンスは、わずかに一度しかないからでもあった。佐貴子にしてみれば当然の、なにげない質問も、私にはちょっとした盲点をつかれたようなショックがあったのである。

その一度の機会というのは、私が、十四年ぶりに父と再会したときのことだった。昭和三十四年の冬のことである。

もう十五年まえのことで、月ははっきりしないけれども、葉は散りかけていてもあざやかな色付きの柿がいくつか残っていた季節であったから、あるいはまだ秋といえるうちであったかもしれない。

遠い親戚に不幸があり、出かけていった母が、その葬儀の席でばったりと父に出会った。そ

れで私は、帰った母から、

「お父さんに、会ってみる?」

と聞かれたのだった。

しかし、当時十八歳で、夜間高校生ではあったがおとなにもなりかけていた私は、父との再会をかならずしもよろこばなかった。はじめは、昼間はたらいて家をささえているという自負の気持ちから、

「おれは会いたいとは思わないが、母さんがそうしたいのなら、弟や妹をつれて会ってきたらいい」

というような不遜なことばもはいたかもしれない衝撃を、父のふいの出現からはうけていたのである。

すでに忘れかけていた父のいない日々になめたつらい思いが、幼いころの転々の生活とだぶっていっぺんによみがえったことも、私をかたくなにした。その辛酸のすべては父のせいだと抗議するような激した感情が、私を支配していたのでもあったろう。

けれども、そういう私も、ひとたび約束の旅館に入り、そこに父が待っているはずの部屋の襖に手をかけるときは、さすがに胸がさわいだ。

そして、そこにあぐらをかいた猫背の小柄な父を一目見たときには、その姿のあまりのみす

ぼらしさに、私は狼狽した。若いころの、それもおぼろげにしかおぼえていない子の目には、瞬時に、父もそのように映ったのであった。

煤《すす》けた掛軸がだらりと下がっているだけで、そこに花も飾られていない床の間を背にしていた父は、実際にも年老いていて、貧相だった。片手を股のあいだにはさみ、貧乏ゆすりをし、背中をまるめて、休むまもなく煙草ばかりをすっていた。

こい不精髭がのびたままのその顔は、私たち母子が襖をあけたときに、「おっ」と声を洩らしてあげたきり、あとはたえずうつむきかげんで生気がなかった、ふっと顔をあげることがあっても、視線はこちらにとどかず、しばらく空《くう》をただよって、また伏せられた。ふたことみこと、なにかボソボソとしゃべるときも、そうだった。

それでも、時間がたつにつれて、この父も父親らしいふん囲気をとりもどし、もじもじしだした妹や弟に、

「大ぎぐなったない」

と、話しかけた。

「いぐつになったのがい？　……学校、なん年生だべな」

ひどいズーズー弁で、そう父に聞かれた小さい二人が、はにかんで母の顔をうかがうように見上げると、こんどは、その様子をチラとみて、

「はずがすか、え。ヘッヘッヘッへ」
と、父は笑った。
しかし、その笑いも、私には悲しかった。どこか卑屈ささえ感じさせる笑いであった。
それで私は、もう一度胸をつかれて、あやうく涙さえ浮かべそうにもなったのである。

私は、父の梅吉型こけしをその場にもとめて再会の日を思い起こしながら、思いはいつしかずれていき、そのときの父の姿からうけた悲しみばかりにひきよせられている自分に気づかなかった。

それというのも、かんじんのそのこけしは、あの旅館の一室にもいっこうに姿を見せないからであったが、それだけではなく、あの父のヘッヘッヘッへの卑屈な笑いのすぐあとに、私と父とが、突如として衝突するということがあったからだった。

妹や弟に話しかけた父にすれば、どのようにか呼びかけなければならなかったであろう長男の私にむかって、しばらくの沈黙ののちに、ふっと顔をあげ、上目づかいに私を一瞥して、こういったのだ。

「もうすぐ大学だべ。しっかりやれ、金はすんぱいねえがら、え」
とたんに、私はきっとなった。正座した膝に両手をつっぱらせて、父にこうこたえた。

「父さん。父さんは、ぼくたちのことを心配してくれなくてもいいのです。これまで、ぼくたちは、母さんを中心にしてやってきました。これからも、そのつもりです。ですから、ぼくらはぼくらで、これからもやっていきますから、父さんも父さんで、やっていってください」

そうして欲しいと思います、と私はつけくわえたと思う。

そのころの私は、大学どころか、いま通っている定時制高校を卒業できるかどうかもあやうく、卒業できたとしても、よいところに就職できるかどうか、まったく前途に光がなかったのである。

考えてみれば、再会の日のいきさつはそのようであったから、かりに、あの場にこけしが出されて、

「どうだ、おれのこけすは。よがったら、やっからもっていげ」

というふうに父がいったとしても、それを私が受けとったかどうかはうたがわしい。

私は、いよいよわからなくなった。

五

そのうちにまた、雑誌の仕事が忙しくなると、私は、もうこけしのことはどうでもいいよう

な気がしだしてきた。

その経路がわからないからといって、とくに困るわけではなかったし、想像としてなら、こけしの本にてらしてそれが作られた時期もわかるから、それはそれで父の形見と考えて大事に保存すればいいわけであった。

そうして、そういう気持ちになってながめてみれば、それまでは貧相でできのわるいこけしとしてしか目に映らなかったそれも、妙に生きいきとしだしてきたから不思議であった。目も眉も、筆さきが定まらずに不器用な描彩ではあったが、その手の力《りき》んでいることがはっきりうかがえるのも、独得の味わいだ。作り手の心が、そのままあらわれているような気がしてくるからだった。

しかし、そうしてあきらめかけてからも、一度は郷里の母に電話をいれて、どういうわけで梅吉型こけしが私の手もとにあるのか、念のために聞いてみようという気にならないわけではなかった。が、私は母に電話をしなかった。それがどうしてかわからないのだが、なにか苦言をいわれそうで、気もすすまなかったのである。

それでなくても、昨今の母は、平の隣の町でやっている長期出張者相手の旅館のきりもりで忙しそうにしている。

そのてきぱきとした采配やくらしぶりを、母はいつのころから身につけたものかひところの母には見られなかったのだが、年をとるにつれて長年の苦労をのりきった自信でうらうちもして身体ごとあらわすようになっており、うかうかしているとぴしゃとやりこめられたり、たいした用事もなく電話をしたりすると、

「いま忙しいんだからはやくしゃべりなさい、ナベが煮っくらがって、ふきだしちゃってるんだから」

などとせかされ、ときには、電話はたかくつくから手紙を書きなさい、というふうな説教までされるハメにおちいったりすることもあるのであった。だから、そういう母が苦手だからというのではなかったけれども、こんどのこけしのことでは、はじめから母には相談できないような気がしていたのである。

ところが、そんなある日の夜のことだった。その郷里の母の方から、めずらしく電話がかかってきた。

仕事で帰りがおそくなり、もう子どもたちも寝ているだろうと思って声もかけずに玄関のドアをひいたとたん、いきなり、

「あ、パパだ、パパが帰ってきた、ママ」

という、上の子のかんだかい声があがった。

なにごとかといぶかりながら靴のヒモをといていると、こんどは妻の佐貴子の、

「あ、お母さん、ちょっと待ってください、いまもどりましたから……」

というのが聞こえた。

それで、急にせかされた気持ちになってなかに入り、私は佐貴子から受話器をうけとった。

「信一ですが、なんですか。なにかありましたか」

ぶっきらぼうだと自分でも思うが、母にはそれで通用する。

「柿、送ったよ。いま佐貴ちゃんに伝えたからね、みんなで食べなさい」

「それはどうも、いつも」

「じゃ、ね、からだに気をつけてね」

母の方もそっけなかった。

が、その夜の電話が、そんなふうにあわただしく終わってしまったのにはわけがある。

せっかくの電話だったから、ついでにこけしのことをそれとなく聞いてみようという気になって、

「ああ、母さん」

と、母をひきとめようとすると、そのときになって、わきにいた佐貴子が、私を制したのだ。

背広のそでをひっぱり、

「こけしのことなら、わたしが聞きました」

と、小声でいうのだ。

私は妻の顔をみた。とっさに気づくこともあって、それで急いで話を取り消すことになったのだ。

「ああ、いいです、話が長くなりますから、手紙を書きます、どうも。……はい、からだには気をつけてますから、はい、はい、わかってます、母さんも無理をしないように。じゃ誠治にもよろしく。……おやすみなさい」

しかし、それからが問題であった。受話器をおくと同時に、佐貴子が大きな声になっていうのであった。

「あたし、しかられちゃったわ、お母さんに……」

「なにかあったのか」

眉をしかめると、佐貴子は、上の子に「ねえ、しんちゃん」と、しかられたにしてはひどく陽気にあいづちをもとめながら、歯に衣をきせずにずけずけという母の口調もまねて、

「信一は、そんなことも忘れているのかって。いくら仕事が忙しいからって、大事なことを忘れてはだめよ、信一にそういいなさいって。いわれちゃったのよ、いつもの調子で……」

というのである。

それで私は、ますます眉根をよせるような心持ちになり、

「なんだい、そりゃ、……どういうことだ」

というと、佐貴子は、その私の肩をポンとひとつたたいて、

「しっかり、しなさい、おとうさん。……あのこけしはね、あなたにとっては、大変だいじなもの、ほんとうは忘れてはいけないものだったのよ。しかられてもあたりまえなくらいだわ。いいーい、お母さんの返事をそのまま伝えるわよ。あたしがね、このごろのパパは一本のこけしのことでたいへん悩んでるっていったら、こういったのよ。あのこけしはね、信一が戦後はじめて、それまでは行方もわからなかった父親に会ったときに、花巻にいたおじいさん（おとうさんのことよね）、そのおじいさんが、信一にみせるためにもってきたものです。そのときの記念のこけしだから、ずっと大事にもってなさい、信一にそう伝えなさい、ということよ」

「…………」

「……思い出した？」

「…………」

私は、憮然となった。

妻の口ぶりが揶揄《やゆ》的だったためではなく、いやそれも多少はあったが、それよりもなによりもその話の中身そのものによって、私は口をつぐみ、大きく腕ぐみをするような気持ちにとら

われたのである。事実、うーむ、これはまいったなあーと、顔つきも深刻になった。そして、それからしばらくは、

「どういうことなのかなー」

と、考えこみ、あの再会の日のなかにひとつのことを発見するまでには、かなりの時間を必要としたのであった。

はじめ私は、母の証言を疑った。

佐貴子から又聞きした瞬間には、やっぱりそうかという気になり、もう一度、あの日の一部始終を思い起こしてみたのだけれども、そこに、どうしてもこけしは姿をあらわさなかった。私たち母子と父のあいだには一つの粗末な卓子があったことも思いだして、そこにこけしがおかれることはなかったかと考えても、こけしのある光景は浮かばないからだった。こけし、ということばさえも父の口から出たかどうか、まったく憶えがないのである。そうして、私は、ふりかえればふりかえるほど、しだいにやっぱりと思う気持ちはうすれていき、またもとのように迷路にまよいこんだようなあやふやな気持ちにおちいったのである。

もっとも、母もいうように、父が自分の作ったこけしを、十数年ぶりに会う子の私たちに見せるためにもってきたということであれば、そういうことはありえたかもしれない、とは思っ

た。父の立場にたてば、そのときにそういう心持ちになったとしても不思議ではなく、むしろ当然でさえあるからだ。

が、私の想像は、そこからさきがまったくの暗闇だった。その周辺をぐるぐるとむやみに行ったりきたりするばかりで、思わず溜め息も出た。ハーと息をはいてしまうと、からだから力が抜けていくのもわかった。

ところが、そうしてぼんやりとなり、静かになった台所のなかを、どうということもなく見わたした私の目に、容器にもられたミカンの山が映った。そして、それを食べるつもりはなかったのだが、なんとなく手がのびて、その一つを手にしたとき、私は、これもなんとなく、ああ、おふくろは今年も柿を送ったといってたな、と思ったのである。

が、ふとそう思ったときに、私の胸がドキンとひとつ動悸をうった。それが一度うたれると、とたんに早鐘のように鳴りはじめて、私は思わず立ち上がり、声もたてそうになったのである。

そのときに私が思い出したのは、一本の柿の木であった。熟した柿がなっている一つの光景であった。

それは、私が東京に出てきてしばらくのあいだ、郷里の母からミカンや梨や柿などが箱ごと送られてくるたびに思い浮かべた光景でもあり、それはまぎれもなくあの父との再会の日のものであり、途中でふと席を立って窓際に立った母が、外を見て、「まだ柿がなってるわ」といったそれであった。

それにしても、あのとき、母はどうして席を立ったのだろう。たしかに、父の煙草のけむりで部屋はくもりはじめていたから、空気を入れかえる必要はあったろう。しかしそれだけのことだったのだろうか……。私がハッとなって立ちあがったのは、このときであった。

わが子から、あのように冷たい仕打ちをうけた父が、そのときどんな反応をしめしたのかは私も悲しくて気づかなかったが、母がふと立ち上がったのは、その直後であった。

「空気をいれかえないとね」

といったかどうかは、わからない。それは憶えていないが、とにかく母は急に立ち上がり、顔をそむけるようにして窓際に歩いたのだ。

そして、そこの窓をほそめにあけて、夏ならちょっと涼むようなポーズでしばらくたたずみ、やがてなかをふりかえって、いったのだ。

「まだ柿がなってるわ」

私がそのときに見、いまになって思い出したその柿は、枝こそ葉が散って枯れはじめてはいるけれども、たしかに熟れてあざやかな色で、二つ三つ、なっている。

そして、この光景はこけしと結びつき、その経路までも私に教える。それは、私が父から直接うけとったものではなく、父から母へ、母から私へと手わたされて、そうしていま私のもとにあるのである。それがいつのことかはべつにして、このこけしがあの日のもので、母からうけとったことにまちがいはない。

たとえあの旅館の一室にこけしが姿を見せなかったとしても、あの卓子の上にのせられていなくとも、それだから父がこけしをもってきていなかったと、どうしていえるだろうか。父がかかえてきた黒いすりきれた革カバンのなかに、それがしまわれていなかったとも、これも断言することはできず、こけしがそのなかにしまわれていたと考えるほうが自然である。思えば、父がそれまでの転々の生活に終止符をうち、昔のこけし工人にもどったのは、その再会の日の直前といってもいいころなのであった。

ただ、それがカバンのなかからとりだされずにおわったのは、そうして子の私たちにひろうされることがなかったのは、すべてあの日の最後のいきさつにある。父から直接に、私がうけとることがなかったのは、私の態度のひややかさのためだった。そうしてこけしは、ひとまず母の手にうつされるほかはなかったのである。

「そのうち、わかってくれるでしょう、信一も」

とそのとき、おそらく母は、父からどこかでこけしをうけとりながら、つぶやいたにちがいない。

六

いま、私の机の上には、父からもらった一通の手紙がある。

それはごく短いものであるが、私が父からうけとった唯一の手紙である。

一本のこけしは母の手を介してとどけられたが、この手紙の方は、たとえ郷里の家に配達された付箋がついてはいても、その通信は、直接に私宛のものである。

日付は、昭和三十六年五月十四日とあるから、父と再会してのち二年目のものであり、発信人はこのときちょうど六十歳である。

私の方は二十歳になっていて、やっとの思いで郷里の夜間高校を卒業し、上京してようやく一年がたとうとしているころだった。

「永らく御無沙汰して申し訳けありません。今度また平に帰って色々聞きました。
貴男は東京に務めることになって元気で居る由、それを聞いて喜んで居ります。
父が遠方に来て居る事情を知らず定めし立腹して居る事と思いますが、母さんに良く事情を聞かれた由、理解された事と思います。

詳しい事は書きませんが、母さんより聞いて下さい。

これから先は平の方は心配はありません。どうか父の不信用をかがみにして、立派な人になる様、がんばって下さい。

又、誠治も香代子も親孝行な人に成育したので、父はかげながら喜んでおります。

一度休みの時に平に帰り、母さんに会って、父のこの先の気持ちを聞いて下さい。

元気でがんばって下さい。

父より

信一様

」

私がこの手紙を読んだのは、印刷工場の寮の、うす暗い「ウナギの寝床」（地方出の私たちにあてがわれていたせまく細長いベッドを、そうよんでいた）のなかでであった。私は、思いがけない父の手紙におどろいたあと、封をきって胸をつかれ、くりかえし読んでいるうちに、涙で字がにじんだ。父の字はまずかったが、それは小学校にもろくにいけずに、九歳で小僧に出なければならなかったためだというふうにも考えられる年に私はなっていて、なおのこと父への愛惜があふれた。

そして、「どうか父の不信用をかがみにして」といわれれば、再会の日に吐いたわれながら氷のようだと思われることばが思い出され、どうか「父のこの先の気持ちを聞いて」くれといわれれば、父に哀れを感じて、子の私も悲嘆にくれなければならなかった。

けれども、当時の私は、この短い手紙を、子の私にたいする父の詫び状としてばかりうけとった。再会の日に、父がいいたくていえなかったひとことを、ここにこうして文字もたどたどしく書きしるし、子の私に伝えてきたのだとばかり感じて、父の立場に立つことがなかったのである。

しかし、いま読みかえしてみればあきらかなように、これはたんなる詫び状ではなかった。その切々とした文脈を、父の立場に立ってたどってみれば、そしてそのころ父が立っていた生涯の一地点をみつめてみれば、それはなおさらそうである。

父はそのころ、それは私たち母子との再会があったころからだが、それまでの転々の生活を自らの意志でたちきり、かつてのこけし工人にもどり、雪深い東北の地に腰をすえる覚悟をかためていた。そこに自らを埋もらせる決心さえしていたかもしれないころであった。それだからこそ父は、私たちに会うつもりになったのであろうし、子へのはじめての便りも書いたのであったろう。そしてそこに、「どうか父の不信用をかがみにして」と、どうか「父のこの先の気持ちを聞いて」ほしいと、書きしるしたのではなかったか。このわずか数行のことばに、父がどれほどの思いをこめたかをいま思うと、目をつむりたくなる。六十年のそれまでの人生の波乱をかえりみての父の万感には、おそらくは、いまの私にも測りがたいほどのものがあったにちがいない。――

いま一度ここで前出の略歴をひけば、そのころの父は、「……花巻市へ転居、こけしを挽いている。最近弥治郎系こけしの外に、鉛の故藤井梅吉型を継承して復活製作している」、そういう父であった。しかし、「木地、描彩ともに……油がのって、腕の冴えを見せ」るのは、もっとのちになってであろう。そのころは、いまやっとこけしを作りはじめてみた、というところであったことは、私の手もとにある小さな梅吉型こけしの作りがよく物語っている。それは筆さきの力《りき》みににじんでいる。

こうした父の人生のでなおしは、たんにこけし工人としてばかりではなかった。その生活においても重大なでなおしが必要であった。

一方では、それまでの休むまもない転々の半生に終止符をうち、とにもかくにも花巻に定住することで、ほっと一息いれる気になり、そうして腰をすえてみればまた、くりかえし失敗を重ねてあせりにあせってきたきのうまでの気持ちもだんだんとおさまっていったかもしれないが、しかし、妻子と離れて流浪しなければならなかった父にとっては、そういう心のやすらぎも、ほんの束の間のことでしかなかった。さあ、これからがおれのほんとうの人生だと思って、かりに気張ったとしたら、過去は、その覚悟の分だけさらに重くのしかかってきたにちがいない。そして、その思いはにがかったであろう。

そのころの父にとっては、自らの手が生みだす童女はわが子であった。「おとうさん、おとうさん、こっちをむいて」と呼んだ若かったかつての妻の顔であったかもしれない。そうして、その目、その眉、その口もとを描いてはながめ、ながめては描いているうちに、いまは遠くに離れてしまった妻と子の面影が彷彿《ほうふつ》として、父の心は切なくさわぐのである。

その心のざわめきには、ついきのうまでの焦燥の荒あらしさはなかったが、そのかわりに、それだけにまた、たえず潮騒を遠くに聞きつづけるようないいしれぬ寂莫感があって、父の心をさいなんだ。そしてまた、もはや自分の住む家までも失って借家住まいをしなければならなくなっていた父には、転々の生活のうちではその必死さのゆえにそれほどには感じることがなかったであろう自身の孤独もいまは身にしみて、その気分も深く沈んでいったにちがいない。

子の私には、佐藤誠が弥治郎系とはいちじるしく型を異にする故藤井梅吉型こけしを復元したのも、そのような日々においてではなかったかと思える。日々の孤独と寂莫とが、すでに廃絶され、その伝統も型も消えようとしていた故藤井梅吉型こけしとむすびついた、と思わないわけにはいかない。佐藤誠にとっては、それが他系統のものであっても絶やすことができなかったのである。その「廃絶」を傍観することは、自身の不運な一生をそのまま甘受するにひとしく、一面では永年の転々のなかでも絶望することがなく、その後もしぶとくこけし工人として生きぬいた父であったから、それだけは故人とそのこけしにたいしてというよりもまず、なによりも自分自身にたいして許せなかったにちがいないのだ。

父が復元したという故藤井梅吉型は、白木地、無彩の、清楚で静かなたたずまいをかもすこけしである。顔のある梅吉型でさえも、それは、赤、青、黄、緑、紫などのロクロ模様で色どられるにぎやかな弥治郎系こけしとはきわめて対照的であり、顔の微笑《ほほえみ》もどこかひかえめで、寂しげだ。

そして、弥治郎系こけしの首がその胴にしっかりとはめこまれて安定感があるのにたいして、この方の首は、古くなると、くるくると、自在に動く。頭をもってまわすと、キッキッとかすかな音もたてるのである。

この時期の父には、一度は作ってみたいこけしでもあったろう。

七

父は、その晩年にいたっても、郷里の平にもどることはなかった。

ときには、それは年に一度か二度、正月の三箇日であったり、夏休みのころであったりしたが、ひょっこり母の家に姿をみせてからだを休め、家の者に「じいちゃん、じいちゃん」と呼ばれてよろこぶこともあったが、雪深い土地をひきあげて帰ってきてはどうかという家の者のすすめには、頑固であった。

「さむいところでやせがまんしてることもないべねえ、こっちでのんびりとこけし作ったらいいのに……」

と、母がいっても、

「あんかにあたってか、ヘッヘッヘッヘ」

と、父は笑う。そして、

「こげすはあっつの寒いどごでねえど、だめだ」

あいかわらずのひどいズーズー弁で、いうのであった。

この父が、花巻から平泉に移り住んだのは、直接的には、花巻の仕事場がふいの火災に遇って焼失したためであったが、平泉という土地へのあこがれもあったと思われる。そこをこけし作りにもっともふさわしい土地としてえらびとった、といってもいいだろう。そのことは、私もこの目でたしかめたから、たしかである。

もっとも、私が平泉の父の仕事場を見たのは、父の死のほんの数時間まえのことであった。

私は、父の仕事場を、そのときにはじめておとずれたのである。

父は、危篤の電報が私のもとにもたらされてからもなお三日間しぶとく生きたが、私がおとずれたのは、その三日目の夜であった。

それまでは、母たちとともに近くの一関の磐井病院に寝泊りして父を見守っていた私は、もうしばらくはと医師もいう父の小康をよいことにして、その夜は父の家でからだを休めることにしたのであった。

一関の病院から平泉までの車に同乗したのは、弟の誠治と、父の晩年になってからの手ほどきでこけし作りを再度はじめた、やはり弥治郎系の流れをくむTさん（この人は母と一緒に平からかけつけてくれていた）、それに、父と同居して父の身のまわりの世話をしていた、足のわるい二十四歳の兵藤美津さんとの三人であった。

東北は雪であった。四日前、夜行列車からおりたった明けがたもしんしんと降っており、その後もやむことなく、ときには吹雪となってふりつもった雪は、そのときは昼ごろからやんでおだやかだったが、車窓からのぞけば、一面が雪の広野で、青白く見えた。

その雪原を走る車のなかは、はじめこそことば少なでひえびえとしていたが、ふと思いついて、私がこう声を出したときから、みんなもいくぶん気がらくになって、やわらいだ。私は、

「平泉の家というのは、仕事場もいっしょなのですか」

と、まえの座席の美津さんに聞いたのだった。

すると、これには美津さんではなく、それまでもしばしば訪れる機会があった弟の方が、

「仕事場も一緒。だけど兄さん、あの家を見たらびっくりするよ、きっと」

そうこたえて、少し笑った。

つぎに美津さんが、

「おかしいねえ、誠ちゃん」

と、弟を見て、なにがおかしいのか、フフフと笑った。

「だけどおれは思うんだ、あの家はおやじにふさわしいって。やっぱりおやじはこけし工人だって感じさせられるんだ」

弟がいうと、美津さんはさらに、

「びっくりしっちゃうべねえ」

といって、また思い出し笑いをするのであった。

車の中がにぎやかになったせいで、それまでは腕ぐみをしていねむりしていたTさんもむっくりとからだを起こし、

「なにがい？　とうちゃんの工場に、なにかしかけでもあんのがい？」

と、話にくわわった。

「そうでねえけども。ねえー誠ちゃん」

と美津さんがこたえ、

「うん、そういうんじゃないですけどね、おじさん。ふつうの家なんだけど、だけど……」

と誠治がこたえて、またフフフとなった。

私も、わけがわからないながら、やはりなにかおかしいことが父の家にはあるのだと思って、それ以上穿鑿《せんさく》することをやめて、仕方なく笑った。それはにが笑いであったが、しかし、やがて到着して、父の家を一目見たときには、私は本当に笑ってしまった。

父の家は、弟もいったように、たしかにふつうの家ではあった。屋根もある、玄関もある、畳もあった。が、その家には障子というものがなかったのだ。それは桟《さん》としてはあるのだけれど、障子紙が貼られてなくて、まるでスカスカの骨だけだったのである。あけた玄関からそこの居間兼客間に風が流れ、なかは空き屋のように寒々としていたのであった。

「なーるほどなー、これはかわってるわなあー、風通しがよすぎるもんなあー」

まず、Tさんが、そんなふうに感心して、まじめくさった表情のまま声を発した。それでなくてもTさんのズーズー弁にはユーモラスなひびきがある。ふつうにしゃべってもそうだったから、そのときの第一声はまた格別であった。それで私も、思わずふきだして、声をあげたものである。

「ひどいもんだなー、これは。まいったなー、ハッハッハッハッハ」

それにしても、どういうわけでこんなふうなのだろう。障子を桟ばかりにしておかなければならないわけでもあるのだろうか。

「誠治君よ、これはすずすいわなー。とうちゃんはいいべげんともなあー、美津さんは寒がっぺえー」

そうくりかえすTさんに、美津さんは、

「しかたがないんだっけね、とうさんがこうしとけっていうんだから。冬の間だけでも紙を張ろうっていっても、承知しないんだから。冬は寒いもんだ、ってぶすっとして……」

と、またおかしそうにした。

冬は寒いもんだというういい種《ぐさ》はいかにも父らしいと弟はいったが、わけはほかにあった。それは遠方から佐藤誠のこけしを求めて立ち寄ることも多いこけし愛好家への父のサービス精神のあらわれなのだった。人がきて、玄関をあけて入っても工人は奥の工房にいて気づかない。声がかかってやっと気づいてもすぐ立って行くというわけにはいかないことがある、そういうときに紙のある障子はじゃまになると父は考えた。そこが桟だけならば、その骨をとおして客間が見える。そこにずらりと並んだこけしが目にとび込む。お客さんには、しばらくそれをながめていてもらい、そのうちに応対に出ればいいというわけで、はるばる訪れる人の多くはすこしでも早くこけしを見たいという心理もあるから、それは一石二鳥なのだと、父は美津さんを納得させていたというのであった。

そういわれれば、私も一歩土間に足を踏み入れたとき、すぐ目のまえに、紙なし障子をとおして見えたこけし群像に、ほおーと声を洩らしもしたのだった。そこは六畳の部屋で、正面も側面もこけしがならんだケースで飾られていた。

それにしても、あまりに寒々とした家だった。居間兼客間のそこにはストーブもなく、小さな電気ごたつにはいっていても、うしろが桟だけの障子かと思うと、すこしも暖まらなかった。そのうえ、夜が更けるにつれて外に風が出て、ときおりバサッ、バサッと、屋根から雪がすべり落ち、外の寒気がじかに背筋をはうようだった。私は一度はぬいだ外套を肩にかけたが、それでも冷えびえとしてからだがふるえた。

こういう冷気のせいもあって、なかに落ち着いてからはもう私たちのあいだには笑い声は起こらなかった。そしてひとたび声が止むと、こんどはいま小康を保っているとはいうものの、死は遠からずやってきて、その七十年の生涯を閉じようとしている病院の父が思われた。父は意識を失って、昏々とねむっているのであった。私は、部屋のなかの電話のある場所を、それとなく目でたしかめた。

父の意識は、私が東京からかけつけてベッドの枕元に立ったときに、すでになかった。

あいかわらずの不精髭でおおわれた頰も、しわが深くなった額も、ふとんをそっとまくって手にとってみた父の手も、まっ黄色で、つやを失っていた。おしめのとりかえでからだをかかえたときには、そのぐったりと重く、力のないからだに、私は愕然とし、涙がこぼれた。あの再会の日の父とくらべても、あまりの変わりようであった。

それでも、父はつぎの日の夕刻には、ぽっかりと目覚めた。まるでいま眠りからさめたとでもいうふうにぽっと目をあけ、イヤイヤをするような感じで頭を枕の上で左右にふり、きょろきょろとあたりも見まわした。

私は母にうながされて、ベッドに近づいた。

父の顔をのぞいて、

「……わかりますか、信一です」

と、いった。

すると、父は私がわかったのか、にっこりとした。はにかんだような微笑も口もとにうかべた。

が、それきりであった。父はすぐにまたいつのまにか眠り込み、そして三日目のその日も、目覚めることがなかったのである。

私は、その夜おそく、父の仕事場に入った。

工房は家の裏側につぎたされたかたちで作られていて、十畳ほどの広さのその内部の右側には、こけしの原木がこまぎれにされて堆積していた。

ミスギ、イタヤ、アオカ、それにビヤベラ、サクラ、ツバキなどの材料もまじっていると、Tさんが教えてくれた。

その一つひとつは、まだ皮を削いでノコギリ挽きしたままのものであったが、手にとってみると、不思議にこけしを感じた。目も口もないが、それもやはりこけしであった。

十分に乾燥させられたそれらは軽く、独特の手ざわりがあった。切断されたその肌は、そこのどろんとした裸電球の明かりのなかでも目を洗われるような白さであった。

左側が、工房だった。

縦ロクロがあり、そこに父がすわっていたにちがいない挽き台のまわりには、こまかい木くずが一面にちらばっていた。

その木くずのほうぼうには、小さな工具類が使いっぱなしになって埋もれていた。こけしを型にするための太いにぎりのついた鉋《かんな》、錐《きり》、胴のサイズをきめるのに使うかまぼこのようなかたちをした木の定規、それに、鉋で荒削りしたこけしの頭や胴をさすり、肌をなめらかにするバンカキというのも埋もれていた。それは弓形に曲がった平刃の削り器であるが、ほかにも同じくこけしの肌をつくるサンドペーパーや木賊《とくさ》もあった。

そうして、部屋のぐるりにもさまざまな工具類がかかっていてにぎやかだったが、描彩のための絵皿、小筆、スズリ箱と見ていって、その絵皿に紅《べに》が付着し、スズリのくぼみに墨がまだのこっているのを目にしたときには、胸をつかれた。思わず、父をここにもう一度すわらせてみたい、子の私に、こけしを挽くところを見せてもらいたい、と思った。

そこここに散らばっていて、もうすぐ生まれるはずのこけしの丸いつるんとした頭を手にとったときも、そうだった。その白い顔にどのように目をかき、眉をひき、頬紅をさすのか見せてくれ、親父よ、と思ったものである。

だが、そのときはもう、父は命をおとしていた。知らないのは父の家にもどっていた私たちだけだった。

が、それもまもなく、知らされた。雪明かりにぼおーっと照らし出された工房にたたずんで、ときおりバサッと落ちる雪の音を聞いていた私の耳に、電話の音が鋭くひびくのである。

私は、その音を聞きながらも、もう一度、屋根の雪がバサッと落ちたのを耳にしている。

初挽き

一

知り合いの大工の美野さんが来たのは、もう一週間もまえのことだ。そのときの打ち合わせでは、見積りができしだい、したがって、二、三日のうちには仕事にとりかかるような話だったにもかかわらず、その後、なんの音沙汰もない。

しびれをきらした弟の誠治が、くりかえし電話をいれて督促してみても、

「もうすこし待っててくんちえ。そのかわりみんなしてわっとかがっから」

返事だけは威勢がいい。

あと何日くらい待てばいいのかと誠治が問いただしても、待っててくんちえ、待っててくんちえを連発するばかりで、いっこうに埒があかない。が、そんなふうな相当にあいまいな返事をくりかえす美野さんの語気というか口ぶりの方は、これはかなりきっぱりとしていて、誠治はどうしてもつめて日取りをはっきりさせることができなかった。それで電話をしたあとの誠治は、きまってフケをおとすような手つきで頭をかき、それから、やはり着工の日取りを知り

たいと思って弟につきしたがっている私の顔を見てにが笑いした。まいったなあー、というわけである。

まったく困ったものだ、と私も思う。弟が美野さんにこしらえてもらおうとしているのは、こけし作りの仕事場にする小屋なのだが、それが建たないことには、私の勉強部屋もできないのであった。

つまり、私が確保したいと思っている家の一室に、いまはこけしを挽《ひ》くロクロをはじめ、さまざまな小道具類がおしこんであるのだ。だから、こけし小屋の完成は、本を読んだり調べたりすることを日課にしたいと考えている私自身にとっても切実なわけだったが、しかし、それだけでなく、それよりもなによりも、誠治がその小屋の新築を待って本格的にこけし作りの道に踏みだそうとしていることが、美野さんへのたびたびの督促となった。手がけている現場を方々にもっていて多忙な美野さんであることはよく承知しながらも、それで私と誠治とは、このところ、なんだか落ち着かない毎日なのであった。

もっとも、それだからといって、もちろん私たち二人ともが手持ち無沙汰に日々をやり過ごしていたわけではない。その点ではむしろ、家業の旅館の仕事に追いまくられて、こけし作りとか読書とかにまとまった時間をさく余裕さえない毎日だったといっていい。雑用が一日中切れめなしにあった。

旅館は明和荘といい、母が采配を振るっている長期出張者向けの宿である。それで、室数は十四ほどだが、下宿のようなかたちで滞在している客が常時八、九人はいて、けっこう繁昌していて忙しい。

とくに、女支配人ともいうべき母は台所の方も兼ねていたので、終日腰を落ち着ける暇もなくくるくると立ち働いている。父はすでに五年ほどまえに亡くなっていたが、この父は、生前も旅館とはまったく関係がなく、ずっと家を出たまま、遠方に住みついて弥治郎系という系統の伝統こけしを挽いていた。

長男の私と、七つ下で二十七歳になる誠治とが毎日の仕事にしていたのは、この明和荘の手伝いで、おもな役目は、朝晩に用意する食事のあとかたづけ、皿洗い、薪割り、風呂焚き、客の布団の上げ下げなどの力仕事だった。他の大切な仕事、たとえば客の予約の受付けや部屋割り、勘定、料理の材料の買い出しなどは母の分担だったが、この方にもいくらかの手助けが必要であった。

もっとも、それらの大半は、数年まえから母と住んで経験をつんだ誠治がやっていて、いってみれば、彼は明和荘の番頭だった。

そして、こういう役目のうえでの私はといえば、私はつい半月ほどまえに、家族をひき連れて東京から引きあげてきたばかりの新参者であったから、さしずめ夫婦住み込みのお手伝いさんといったところで、力仕事以外にやれることといったら、食事の支度のさいに、天麩羅にそえる大根おろしをするとか、金平《きんぴら》のゴボウをおっかなびっくりのあぶなっかしい手つきできざんだりするとかが関の山だった。

ただし、妻の佐貴子の場合はまた別で、彼女ははじめての姑との同居で緊張し、多少の力み《りき》を見せながらも、誠治の妻君で、今年成人式を迎えたばかりの若い美和子さんといっしょに、ゆくゆくは母の肩代わりをするつもりになってよく立ち働いていた。

そういうわけで、明和荘にとって、私はいてもいなくてもいいような存在なわけだったが、しかし、それだからといって、ひとり家業からしりぞいているわけにはいかなかった。気持ちとしては、むしろ家業にたいして積極的であった。自分にできることならなんでもやる、と意気張る気持ちもあり、そうすることで母や弟夫婦、むずかしい生活条件のなかに飛び込んでくれた佐貴子やの負担がいくぶんでも軽くなり、生活にゆとりが生まれてくれればいいと願う気持ちが強いのであった。

自分自身で決めたこういう生活態度は、けっして付け焼き刃ではない、と私は思っている。

私が十三年になる都会での生活に思いきって区切りをつけ、妻の同意を得て郷里にもどってきた理由も、旅館業のたいへんさを知ってのことだったからである。いくどかの増改築で嵩《かさ》んだ銀行からの借り入れ金の返済も容易ではなく、それだけのためにも重石を背負ったような思いにしばられている母たちの生活を、私は遠くで傍観していることができなかった。それだけが帰郷の動機のすべてではないが、私自身にも、ついこのあいだまでやっていた雑誌の編集者としての経験から、しだいにしぼられてきていた研究テーマに、いくらかの自由な時間を確保してとりくんでみたいと考えるようになっていたこともあったのだが、そういう希望でさえも、まず家の足《た》しになる自分でありたいという前提があってのことだった。

母はまだ六十歳まえで元気だが、朝は五時起き、客相手の商売上、決まった時間に一日の仕事をきりあげられるという保証がなく、外出することもままならない毎日だ。いくら健康で、父の留守のあいだ、女手ひとつで三人の子供を育て、ふむべき手順をふんで旅館を建て、事情を知る人からこの女《ひと》はやり方だと感心されることもある、気丈な母だとはいっても、いつまでも体だけを「資本」にしての長時間労働に耐えられるわけではないし、母自身、ここ一、二年は、そうして働くことの限度も感じだしていたのであった。事実、宴会などが続いて動きに動いたあとの母は、ぐったりと虚脱状態におちいるようにもなっていて、過労で倒れたことも、一度や二度ではないのであった。

「疲れてくると、くちびるが荒れてくるんだわ。そうなったらもうだめ。あたしの危険信号なんだよ」

めずらしく、母がそんな弱音をはいたのは、今年の正月、私の決心を知って上京してきたときのことだったが、見ると、母の上くちびるのひとところが、よほどおさまってかさぶたになりかかってはいたが、それでもまだ赤く、みみず脹《ば》れのようにふくれていて痛々しかった。

そういう母を、家にいて日ごろ接している誠治は、気が気ではなかったようだ。体を休めるようにすすめても、きりきりと働きつづけて休もうとしない母の様子を、彼は手紙で、このままでは母さんはふいにぱったりいってしまうのではないかと心配だ、なんとかしなければ、という意味のことを伝えてきたことがあったが、私が家にもどることを考えだしたのも、そのような便りに心を動かされないわけにはいかなかったからだった。

なんとかしなければ、とそのときに私も思った。そして、誠治が訴えるように、母の負担を軽減する手だてをこうじなければならないことはもちろんだが、同時に私は、そんなふうに母を気づかいながら、かねてから、父を継いでこけし工人になりたいという自身の希望は後まわしにして、明和荘の番頭の役目をはたしている弟の生活についても思いやらなくてはならないと考えた。

誠治は、以前はGラインという船会社に勤めて外国航路のタンカーや兼用船に乗っていた機関士だったのである。船をおりたのは、もちろん父を継ぐためであったが、下船して帰郷した彼を待っていたのは明和荘の番頭の仕事で、家の一室を改造して、父が遺したロクロを据え付けてはみたものの、満足に挽台に向かうことができなかった。まして、微妙な筆づかいで顔を描かなければならないこけし工人には、それをやるにふさわしいゆったりとした雰囲気と時間が必要なのだったが、明和荘の多忙は、なかなかにそういう条件を彼に与えなかったのである。

しかし、陸に上がって今日までの三年のあいだ、ときには小言のひとつもいいながら母を気づかう誠治ではあったが、自分自身のそういう不自由については一言も不満をもらさなかった。だからなおのこと私は、母にたいする誠治の思いやりの深さを感じとらなければならなかったし、そういう実直な弟の生きかたについても思いめぐらさないわけにはいかなかったのである。

私が家にもどり、佐貴子に母の手助けをしてもらうこと、私自身も自覚的な働き手になり、私たち夫婦が弟夫婦の肩代わりをすることができれば、誠治にこけし作りに専念する見通しも生まれるのではないか。また、十九歳で嫁入ってきて、けなげに母につかえている美和子さんも、心のうちでは、のびのびとした自由で多彩な生活を思いえがいているのにちがいない。私が考えたのは、そんなことだった。

そして、私の勉強のうえでの希望については、これは、力を合わせたそういう生活のなかから、なにか大切なものをすくいあげることができるような気がしたし、それをも一つのテコにして、あたためている主題を時間をかけて深めていこうと思った。私は、いってみれば、自分の郷土である東北の、庶民生活史といった研究にとりくんでみたいと考えるようになっていたのである。

家族のあいだで話が決まったのは昨年の秋、仕事の関係でひきあげるまでには多少の時間がかかったけれども、年があけるとまもなく、私はともに働いて親しかった人や先輩、世話になった知人、友人に励まされて、福島県の海寄りの町I市に帰ることができた。そうして、私の到着を待ちながら、こけし小屋をもつプランをねっていた誠治は、さっそく美野さんに連絡し、暇をみてはそれまでの仕事場の整理をはじめだしていたのである。

いま誠治は、はずむような気持ちで、早く美野さんがきてくれればいい、そう思っているにちがいないのだった。

私もまた、早く落ち着ける部屋がほしいと思いながら、同時に、いよいよ生前の父のようにこけし工房にこもり、あたり一面に生きもののような木くずをとびちらせ、さわやかな木の香もただよわせてこけしを挽く弟のすがたと作品を、これは一日も早く見たいものだと思っていた。

二

それにしても、旅館明和荘の人びとは多忙であった。

ことに誠治の忙しさは格別で、車を動かすことができるのは彼だけだったから、食料の買い出しといってはひっぱり出され、遠くに集金があるといってはあてにされる。

まだ小さくてそうぞうしい私の二人の子の相手も、気さくな彼の役目のようになってしまい、一日中なんやかやとまといつかれてせわしない。彼がエンジンをふかそうものなら、子らはどこで遊んでいてもその音を聞きつけて、奇声を発してかけ寄っていく。

「どこに行くの、ねえー、どこ。誠おじちゃん」

「ぼくも行く、ぼくも行く」

「しょうがねえなあ、まったく。またこんど乗せてやるから、がまんしな!」

母などは、ときには甥たちにしぶい顔もして見せなければならない誠治を笑って、

「もう弟子がついたようなもんだ。三代目は心配ないわ」

もちまえのジョークをとばす。

しかし、たえず小走りになって働いている母たちには生活のはずみにもなるそんな光景も、誠治本人にとっては迷惑この上ないことであり、気の毒な話だ。子の親として、私などは恐縮にも思うわけだが、実際のところ、誠治は明和荘の対外的な主役で、番頭としても面倒なことが多く、いやなこともこらえなければならないこともあるのであった。

私がもどってまもなくの二月上旬から中旬にかけては、明和荘の常客であるK物産の人事異動の時期にあたっていて、客の出入りが多かった。

大広間で、歓送迎の宴会などもやられてにぎやかだったし、客が職場から仲間をひき連れてきたりすれば、明和荘のなかはたちまち声高な話し声や笑い声や、思いがけない喊声《かんせい》もあがったりしてごったがえす。

そんなある晩、ある客が、仲間と二台のタクシーで乗りつけ、ドヤドヤとくりこんできたと思う間もなく、すでに酒気をおびた赤ら顔を台所にのぞかせたことがあった。

「酒つけてくんねけ、誠ちゃん」

親しげに呼んだところをみると、馴染みの客だったのだろう。しかし、彼の息は酒臭そうで、目もすわっていた。声は、もう九時をだいぶまわっていておそかったから多少は遠慮ぎみだが、奥で皿洗いをしていた私はいやな気がして、顔もしかめた。

が、呼ばれた誠治は、私のようには感情をおもてにだすことはしなかった。

「もうずいぶんはいってるんじゃないの、――さん」

一応はいってみながら、

「そういわねえでよ、誠ちゃん。五本、たのむ、五本でいいがら。いいべよおー」

いわれれば、

「じゃあ五本だけだからね、――さん」

笑い顔さえみせて、トクトクトクと、誠治は一升瓶をヤカンにかたむけた。

あとで、私はいった。

「ああいうの、おそいんだからことわっちまえばいいんだ」

「まったくねえ……」

と、このときになって誠治は溜息まじりの声をだしたが、しかし、彼はすぐに、

「そこがねえ」

と、気を取り直していうのであった。

「そこがこの商売のつらいところなんだなあ ― 、まったく」

まったく、と私も、こんどはひどく深刻そうな顔つきになって思わないわけにはいかなかった。

もっとも、どんな旅館でも面倒なことは少なくないだろうし、それをいちいち気に病んでいたら、とても客をとることなどできないだろう。旅館とはもともとそういうものだと、まだ事情にうとい私も思う。

だから、それが分かるからなおのこと、私は旅館業なんてなんと因果な商売かと嘆息してみたくもなるのだったが、しかし同時に、そういうときの私の思いには、それにしても誠治はよ

くやる、まったく……と感心する気持ちもわいてくる。そして、彼の働きが、どれほど母を助けていることかと、あらためて考えさせられることにもなるのであった。

考えてみれば、一九六一年の春、私がI市の高校を卒業して東京に出たあと、今日までの十三年間、誠治はぴったりと母につきそうようにして歩んでいたということができる。彼が末っ子だったからかもしれない。幼いころの誠治は、小学校に上がってからも、遊びにさそいにくる友だちを、

「ちょっと待っててくれっけ。いまおっぱいのんでくっから」

そんなことをいって待たせたものだ。

いまもって茶飲み話のサカナにされているこのエピソードは、ちょうど敗戦直後から朝鮮戦争勃発のころの、子どもにおやつをわけ与えるということも容易ではなかったであろう時代が背景となっていて、かならずしも弟の稚《いとけな》さばかりを証拠だてる話ではないような気が、いまの私にはするのだが、いずれにしても、そういう誠治の心身の発育ののんびりさ加減は中学生になってからも尾をひいていて、いかにも頼りない弟ではあったのだ。が、その末っ子も、やがて成長し、ある時期がくると、考えることもみちがえるほどしっかりしてきたのだった。

小さいころから機械いじりのようなことが好きだった誠治は、中学校を卒業したあと、福島県立のT工業高校機械科に進学したが、半年もしないうちに、そこを中途退学している。理由

は、家計を助けるためであった。

当時、母は、それまで店員として勤めていた化粧品店をやめて、小間物をあつかう小さな店を出してまもなかった。

その四坪ほどの店は、町のはずれにあったから、客がつくまでの母の心労は並大抵ではなく、客のない待ち時間の母が、隅の丸イスに肩を落としてすわり、店内の冷えびえとしたコンクリートの床に暗い目をむけていたことを、私は憶えている。

そして、ひところのこういう母のすがたは、思わず子の私たちをドキリとさせた。高校生になっていていろいろなことに敏感になっていた私などは、母がいまにもその場にくずれ落ちてしまうのではないかと不安になり、くちびるをかみしめるような思いにかられたものである。

誠治が自分の進路の変更をはかったのは、そういう苦しい体験を、彼もまた重ねてのことではなかったろうか。私はすでに東京に出たあとで、直接には知らないでしまったが、工業高校を自分の意思で退学した誠治は、隣り町の自動車修理訓練所に入り、ほどなくして確かな収入を得る修理工となって働きだした。

母が、ひそかにそういう末っ子に手をあわせたことはいうまでもない。

私が上京して四年めの夏、印刷会社で働きながら勉強していた私のもとに、母からの、しみじみとした気分にさそう手紙がとどいた。誠治も家にお金をいれてくれるようになって母はとても助かり、祈るような気持ちでいる、子どもたちがみなしっかりしているので母は本当に幸せです……、そんな意味のことがしたためられていたのである。

その誠治が、静岡県にある海員学校に入ったのは、彼の十七歳の春だった。船員になって船に乗れば、食も住も船の上だから、修理工として得るそれよりももっと家計の足しになる給料を、そっくりそのまま母のもとに送金することができる。誠治はそう考え、そうしてそのとおりを彼は実行にうつしたのである。もっとも、そのような彼の気持ちを私が知ったのはずっと後になってのことだったが、それでも、誠治から海員学校に合格したという知らせを受けとったときの私が、目をみはるような思いにとらわれたことだけは憶えている。

彼は、自動車修理工場で働いているあいだも勉強をつづけていたのであった。しかも、コツコツと勉強しながらさらに、海員学校に入学する費用も蓄えていたというのだ。私はそのとき、便箋一枚の、ごく短い文面に目をおとしながら、しばらく会っていない弟が、どんなに男らしくなったかを思い浮かべようとしたものである。

が、浮かんできたのは、この方の記憶はおぼろげだけれども、しかし、いつもはにかみながら私の顔をあおぎ見、ニコニコと笑ってばかりいる幼い顔だったような気がする。だからこそ私は、あのとき強い印象をうけ、貧しさにうちかちながら着実に自分の道をきりひらいている弟のがんばりがけなげに思えて、胸も熱くしたのだった。

一年がたって、海員学校を修了し、Gライン株式会社に入社した誠治から、こんどは頻繁に絵ハガキが舞い込むようになった。

多くは海外からで、アメリカから、カナダから、ヨーロッパのいろいろな国からもきた。このころにはすでに妻になっていた佐貴子の注文もあって、貴君が乗っている船と、海の男の貴君がうつっている写真がほしい、といってやると、折り返し、深いみどり色の海にゆうゆうとその巨体を浮かべた八万トンタンカーの、パネルになったカラー写真が送られてきた。

注文のもう一つは、この方は船の写真の十分の一にも足りない小さなもので、ブリッジに体をあずけて立っている誠治は、さらに小さかった。ランニングシャツにGパン。風に吹かれて、髪がいくぶん逆立って額がひろいが、見ると、彼は笑っていて、やはりはにかんでいた。

その後誠治は、Gラインから選抜されて神戸の海技大学校に学んだりして、前後八年間の海の生活を送ったのであるが、この間、きちんきちんと家に送られていた給料の大半が、小間物屋を旅館にかえる資金の一部になったのだった。

ときには、船をおりて家族といっしょにくらしたいという郷愁にさそわれて悩んだこともあるという彼の述懐はさいきんになってのものだが、長い航海と、単調な仕事の明け暮れで、他にこれといって楽しみのない海上の日々を考えれば、それは当然すぎるほど当然であったろう。にもかかわらず、彼は、母を考えてがんばりとおした。母もまた、誠治を頼りにして働いてきたのだった。だから、もしその間に、家を出たままの父が急死するということがなかったとしたら、誠治はいまも船に乗りつづけて孤独に耐えていたはずだ、といえなくもない。

父は、五年前の冬、岩手県の平泉で、あたかもロクロをまわしつづけながら息絶えたとでもいうしかない、悲しい最期をとげて、家族のみなに、私にも誠治にも強い衝撃をあたえたのであった。

三

父は、私が小学校三年生のとき、誠治が満一歳を迎えてまもなくの年に、家を出た。出奔の原因は、戦前からかなり手びろくやっていた木工場の経営に一頓挫をきたしたためで、それで多額の負債を負った父は、それ以後、東北の各地を転々として二度とふたたび故郷の土をふむことができなかった。

もっとも、少年のころから木地挽きの技術を身につけて、もともとが伝統こけしの作り手であった父は、工場再建のたび重なる失敗による転変常ない十数年の歳月を経たのちに、ふたたびこけし工人にもどり、晩年、平泉に工房をもって落ち着いてからは、私たち留守家族との交渉が回復し、多少の行き来はあった。

家の方も、その間に旅館をはじめたりして一応の生業をととのえ、子の私たちもそれぞれに職業をもって独立し、父の出奔以来つづいてきた困難な生活にひと区切りついていたことが、険悪だった父との関係を和らげたといえる。

とはいっても、家族の父にたいする対応は、年老いた父をまえにしてもなお、それぞれに異なっていた。

夫とはひとまわり以上も齢がはなれている母は、まもなく古希を迎えようとしていた父を、じいちゃんと呼び、祖父をいたわるような心づかいで接したが、そして、父をまったく知らずに育った弟もまた、おやじ、おやじと呼んでなつかしがり、父を父としてむかえたのであったが、長男の私は、終始父に批判的で、自分でもうけた距離を保って、父に近づきもせず、父が過度に家に近づくのをも警戒する、というような態度をとりつづけたのだった。

母の態度はともかくとして、子の私と誠治とのそれがずいぶんと違っていたのは、おそらく、年のちがい、成長の時期や条件などの相違からきていたのであったろう。

私が、貧しかった家のくらしが父の出奔にそのもとがあると感じながら育ち、父の無責任をたえず意識のすみにおかなければならなかったのは、母が、一時は母子心中さえも考え、思いつめたというほどに辛酸をきわめた時期と、私の青春前期とが重なっていたためであり、それに比して、この時期の弟は、自分に父親がないことを不思議がり不服に感じながらも、そうした感情も疑問も、母の庇護にくるまれて、はじめから父にたいする好悪の感情をいだかずにすんだ。

そのうえ、父がすがたを見せたときに彼がまだ少年の域を脱していなかったことも幸いしていたといえる。誠治は、父をまえにして、十七歳になっていた私がそうだったようにはその父の出奔にまつわるさまざまなうとましい感情にとらわれることなく、多少のとまどいを感じながらも、自分の父が存在していたことにおどろき、よろこび、それから全身でなつかしさを感じて、おやじ、おやじと、親しんでいくことができたのである。

父は、その生涯の最後の数年間、年に、一、二度、なんのまえぶれもなしに、ひょっこりと家にすがたを見せることがあったのであるが、そして、白いものもまじった、さわればジャリジャリと音をたてるのではないかと思われるほどにかたい、ハリのような髭が頬までもおおった顔をほころばせ、あぐらのなかに両手をさし込んで貧乏ゆすりをしながら、

「こっつは雪がねえがら、あったかだな」

だれにともなく、ひどいズーズー弁で、ポツリといったりしたが、そんな父に気がるに話しかけるのは、いつも誠治であった。

「どれ、肩たたくけ」

そういって、彼は、猫背の父の背中にまわり、父親似の骨太い手で肩をたたく。

風呂がわけば、

「おやじさん、お風呂だよ」

と呼びかけるのも彼で、こうした誠治の態度は、しじゅうかしこまって、ごぶさたしました、とひとことぶっきらぼうに口にしたきり、あとはむっつりとおしだまって父を観察するような目でいた私とは、まるで対照的であった。

だから、当然のことに、父がきまってさげてくる黒革のカバンのなかから、一つひとつとりだしてみせるこけしをめぐっても、話は、父と誠治とのあいだにかわされるのが常だった。

「これ、なんていう木でできてるのかな、サクラかな」

誠治が、卓の上にならべられたこけしのひとつ、月日がたてばたつほどてろてろに光沢を放ってきそうな飴《あめ》色のこけしを手にとって聞く。

すると父は、

「つがう。えんず、(槐《えんじゅ》)だ」

と、そんなふうにつっけんどんにいう。

「ふーん。こっちの白いのは?」

木の白さと木理をそのまま生かした清楚な感じのものをしめせば、

「ミズキだ」

胴のあたりがくびれたのをさすと、

「ビヤベラっつう木だ」

「それがサクラだべ」

そのたびに、ポツリポツリと父はこたえる。

父は、他人にたいしてはどうであったか知らないが、私たち家族のまえでは無口であった。だから、父と誠治との話といっても、いつもこのていどのそっけないやりとりにすぎなかったのだが、それでも、その会話には血がかよっていた、と私は思う。問いかける誠治の口調にはいくぶんかのあまえを含みながらもうわの空なところはなかったし、父もまた、いつも伏せめがちの目を、こたえをいうたびにチラとあげ、けむくじゃらの口もとをほころばせてもいたからである。

それからまた、そうしたやりとりを聞きながら私は感じていたのだが、こけしの話をするときの父の表情が生きいきとしていて、印象的だったことも思い出す。

その顔は、髭面も、独得の魅力ある風貌に見えてくるということがあるけれど、じっとみつめていると、たしかにそんな趣《おもむき》があって、私の心をひきつけた。

父の笑いもまた独得で、印象的だった。あるとき、父の作ったこけしをながめていた誠治が、

「しかし、うまくできてるもんだなあ」

としたり顔をし、母が、それをうけて、

「昔とった杵柄《きねづか》っていうからね。まだ鼻たらしていたころから小僧に入って修業したんだから」

と、そんなことをいったとき、突如として、父が奇妙な声を発したことがあった。

「ヘッヘッヘッヘ」

見ると、父は照れて、笑っているのであった。

ヘッヘッヘッヘ。あるいは、たしかにそう聞こえたそんな父の笑い声が独得だったのかもしれないが、しかし、そんな声を発してはにかむように笑った顔は、いまにして思えば、いかにもあの素朴なこけしの作り手にふさわしい顔だったと私は思うのである。

父は、福島県伊達郡の農家の次男に生まれて、九つの年に宮城県白石の一山村、弥治郎部落にある木地屋の小僧になったのだった。

同じ東北の地だとはいっても、そして、いまでこそこけしのふるさととして知られる村ではあるが、当時はまったく人里離れた寒村であったろうそんな土地に、父がどのような奇縁で旅立ったのかは知らない。母もくわしくは知らないし、父から直接聞きだすこともしないでしまった。が、古来東北の農家は貧しく、うちつづく凶作や冷害で疲弊し、口を糊するのもやっとの時代もあったことを考えれば、おのずとそのわけはあきらかであろう。父は口べらしのために幼くして生家をあとにし、それこそ鼻水をすすりながら、見よう見まねで木地挽きの技術をおぼえたのだった。

見よう見まねで、というのは、寡黙でほとんど自身の過去を口にしなかった父も、弥治郎部落でのその修業のきびしさ、師弟関係のただならなかったことについてだけは、人に語って、私たちの耳にもとどいていたからである。

そのきびしさというのは、なにも伝統こけしの世界にかぎったことではないわけだが、そして、この伝統民芸ともいうべき世界でも、師匠はその型の伝承にあたって、弟子に懇切な手ほどきをあたえるということはしなかった。弟子が作ったもののよしあしは判断するけれども、できがわるいと、師匠は、無表情のまま、あるときはその気分のままに不機嫌をかくさず、しばしば怒面もあらわにして、このできそこないめ！　とばかりに、弟子のこけしをそばの囲炉裏にたたき込む、ということもあったという。

だから弟子は、眼前にもうもうと立ちのぼる囲炉裏の灰神楽《はいかぐら》を、じっとみつめて歯をくいしばるというようなつらい試練にもたえなければならず、父もまた、そうしてくやしい思いをくりかえしながら、だんだんと、その腕をたしかなものにしていったのであったろう。

このような弥治郎でなめた辛苦は、やがて成人し、逆境のなかではそれ以外に自身をささえるものはなかったであろう自身の忍耐と歯ぎしりをバネにして独立し、木工場をはじめたときはもちろん、戦前戦後の時代の波にもまれつづけて浮沈をくりかえすあいだも、父の胸の深くにあって、父をつき動かしていたにちがいない。だからこそ父は、家族をかえりみることができなかったほどの苦境におちいって、その壮年期に短くはないブランクがありながら、そののちふたたび作りだしたこけしがものになったのだろうし、名品といわれるいく本かをも遺すことができたのであったろう。晩年の父は、弥治郎系こけし工人としては数少ない名人の一人ともされていたのである。

もとより、こうした父にまつわるこけしの知識を、私が当時からもっていたわけではなく、そのすべては父の急死の後に調べて知り得たことで、生前、父と面とむかっているあいだの私には、これが父かという思いばかりが強かった。やがて、この父を継いでこけしをつくろうと決心することになった誠治にしても同じであったろう。

ただ、誠治の場合は、私が当時もその後も、内なる父のみを追いもとめてじかに父に接する機会を逸してしまったのとはちがって、彼はなんのこだわりもなく、素直に父に近づき、こけし工人としての父の仕事や気質にふれながら、知らず知らずのうちに、こけしを身近なものにしていたのだった。そして、彼が船乗りから工人へという、かなり思いきった転換をはかろうとしたことが、家族の目にそれほどの大事とうつらなかったのも、そのためであった。

父の生前、誠治は、一度だけ、父にいってみたことがあるという。

「おれ、こけし、やってみるかなあ」

どうだろうか、おやじ、と、そこまで聞いたかどうか、それは知らない。

が、誠治のそれは、彼が一時の思いつきで口にしたというのではなく、つねづね自分にはあと継ぎがなく、自分一代でおわりだと残念そうに人に語っていたという父を思ってのことだった。

しかし、そのとき父は、即座に、

「だめだ。こげすはちょごっとではでぎね」

口ぶりもそっけなく、いったという。

そのことばだけからならば、父はかならずしも反対したわけではないと思われるが、父はそれだけをいって、あとはとりあわなかったという。

それにもかかわらず、誠治は父を継ぐ決心をすることになったのだった。ぎりぎりのところで彼をつきうごかしたものがなんであったのか、それはそれで私の関心をひくことがらだが、彼の決断は確固としていて、はじめから口をさしはさむ余地がなかった。私は、その決心を伝える便りを、いまも大切にとってある。

――冬の爽やかな涼しさのオーストラリアに、九月一日、着きました。

兄貴、姉さん、それから子どもたちは如何お過ごしですか。また田舎で、家族そろって会える日を楽しみにしています。

ここオーストラリアは、いま、日本とは反対の気候、すなわち冬！　でも冬って感じじゃないな、余りにも暑くって！　でも海の色が真青できれいです。ぼくは、そのオーストラリアも明日には出港、また長い航海の旅に出ます。

しかし、こんどの航海をおえたら、ぼくは船をおりようと思います。そして、こけしをつくりたいんだ。兄貴は賛成してくれますか。母さんにも伝えましたので、よろしくおねがいします。さようなら。

ポットヘッドランドより

誠治

四

美野さんが来てくれてから、ちょうど十日めの朝だった。

七時十分ごろ、起き抜けに、「こけし小屋建築予定地」である明和荘の裏手の、六坪ほどの空き地になにげなく足を向けた私は、そこに二人の作業着の男を見つけて、急いでひき返した。

誠治は、空き地とは反対側の、南向きのそれまでの仕事場にいるはずである。このところの彼は、日中は思うように時間がとれないので、毎朝早起きして、移転の準備をすすめていた。

通りに面したアルミサッシの窓をたたき、

「誠治、誠治」

とくりかえすと、なかでゴソゴソ音をたてていた誠治の、のんびりとした返事がかえってきた。

「なーに」

私は、

「きたよ」

とだけつげた。

すると誠治は、「ふーん」と、あまり気のりのしない声を出したが、窓をあけてのぞかせた顔は、いつになくほころんでいた。

二人の男は、美野さんの工務店からまわされてきた、土木のことならなんでも手がけるという仕事師であった。その二人の作業と、いつのまにか空き地に運びこまれて小山になっている砂利やセメントを誠治とならんでながめながら、私もまた、心がはずんだ。

工事は、まず土台作りからはじまるのであった。ロクロの動力を足下からとる設計だったので、仕事師たちは地面をひととおり整地してのち、ツルハシで、その一角を掘りだした。

山がすぐ目のまえまで迫っているこの一帯は、その山裾のあたりを切り崩して宅地に造成した土地だった。それでやたらに岩石が多く、コチコチに凍りついてもいて、ふりおろされるツルハシは、たびたびあらぬ方向にすべって、掘りにくそうだった。

が、だまりこくって黙々と働く二人の腕力によって、たちまちのうちに地面はほじくりかえされ、深い溝ができ、十時のひと休みのあとには、彼らは慣れた手さばきで、コンクリートをねりはじめた。

私は、部屋にとって返し、こんどはむだのない動きで刃物などの小道具類をボール箱につめだした誠治を手伝いながら、口にしないわけにはいかなかった。

「いよいよ、というところだな」

そしてまた、私は、いまはじめて見るもののようにロクロに目をやりながら、

「ほんとにこれは真新しいって感じだ」

そうも口にしてみた。

誠治はだまっていたが、それでよかった。私は、腕ぐみをして目を遠くにやりたいような気分になっていて、ふと、これから子の誠治がつかおうとしているその新品のロクロが、父が死んだあとに届けられたものだったことを思い起こしてもいたのである。

父が平泉にもっていたこけし小屋は、冬なら、降りつもった雪の重みで、みしみしと音をたてかしいでしまうのではないかと思われるような廃屋だったが、そこに据えられていたロクロもまた、人が使いつぶして廃品寸前のひどいものだった。もっとも、ロクロといわず、機械といわれるものの類に私はまったく無知だったから、そのことは、父の年来の友人で、弟子にもあたる高遠精さんに教えられたことなのだが。

高遠さんは、こんどは誠治の師匠となる、やはり弥治郎系の流れをくんだ工人であったが、この人によると、父のロクロは、父の命とともに使いつぶされたのだということだった。そして、こんなことも、父のそれに輪をかけたようなズーズー弁で、高遠さんは私たち家族にもらしたこともあるのであった。

「まんず、注文すでいだロクロが、あと十日早がったらなや。すしょうも、いのぢ新たぬしでいだがもわがんねえー。おすごどした……」

父は、自身の体調がふつうでないことに気づいてからもなお、働きつづけたのだったが、それでも古いロクロを更新することができなかったのだ。意を決して、それをかえるつもりになったのは死のほんの半月まえのことであり、それが届いたときには、父はすでに死んでしまっていたのである。

父は無念だったと思われる。が、ある日突然届けられ、遺族をとまどわせるやらおどろかせるやらしたこのロクロをめぐる奇しき出来事は、同時に、その後、家族の誠治への期待につながった。母も高遠さんもいうのであった。このロクロは、父が息子に遣そうとしたものだと。

私自身も、父の晩年の苦闘を知れば厳粛にならざるをえず、父の足跡を見直すつもりにもなっているいまでは、そういう思いが強い。そして、父が遺したそのロクロで、誠治によいこけしを作ってほしいとも思う。いまいよいよとなって、ていねいにていねいに移転の準備をしている誠治を見ればなおのこと、その期待は強まってくる。

建物の基礎ができ、一日おいて、コンクリが固まったのをたしかめてからはじまった美野さんのところの大工の仕事は早かった。

すでに他所《よそ》できざんであった材木が、半日もしないうちに柱になり、梁になり、窓わくになりして小屋の骨組みができ、日没まえには、もう窓をとりつけるばかりになって外観はととのった。私は感心して、まっててくんちえの美野さんを思い出し、「わっとかがっから」がいいわけではなかったことを思って、頬がゆるんだ。

工事がはじまってから三日めに、ロクロ台を新しい仕事場に移した。その装置のとりつけには次の日まる一日がついやされたが、ワッセワッセとかけ声をかけて移動した三日めのその日には、景気のいいかけ声にさそわれてか、いろいろなことがあった。

明和荘のすぐ南は、広い遊園地をはさんで切り崩された山肌がむきだしになった山だが、その麓の地主の裏庭から、母が、切り出したままほおりだされている木がサクラであることを発見した。

母は、思いがけない収穫とばかり、

「誠ちゃん、誠ちゃん」

大声をあげ、太めのからだをゆするようにしてかけもどってきた。

なにごとかと、私と誠治は通りに出た。ちょうど庭掃除に出ていた佐貴子も、南を一望できる二階の物干し場にいた美和子さんもやってきた。そうして、母をむかえるようにせいぞろいになった一家は、息をはずませての母の話を聞くと、なんとなく気分がたかまって、ぞろぞろと、地主の裏庭まででかけて行った。

母の発見どおり、木はたしかにサクラで、それもほどよく乾燥していて、すぐにでもこけしの材料になりそうだった。

私たち一家は、地主の奥さんに、

「まあまあ、おそろいで。いいごどおー」

笑われながら、私たちも軽口をたたきあい笑いさざめきながら、めいめいが一本ずつをひきずって、こげし小屋まで運びこんだ。

その晩には、ひょっこりと高遠さんがあらわれた。

「どうしたったがい、でぎだのがい」

汽車でひと駅むこうの町はずれに住んでいる高遠さんは、まえまえから、小屋ができるころには顔をみせると約束してくれていたのであったが、そのタイミングのよさがまた、一家の笑いをさそった。

「まあー、いいどこにきたこどおー」

と母がいえば、

「いましがた大工さんが帰ったところなんです。あした、ロクロの据えつけです」

そう誠治が報告し、暗く、寒い夜道をバイクで走ってきて、手の方からからだを泳がせるようにしてこたつにはいってきた高遠さんの、

「そうだったのがい。それはいがったなや。いがった、いがった」

独得の抑揚のある声がつづいて、夕食後の茶の間に笑いがたえなかった。

めずらしく、この日がゆったりとしていたのは、明日が日曜日で、客のあらかたが、それぞれの自家に帰って行って留守だったからである。だから、夜になっても二階の廊下を行き来する足音もなく、広い明和荘の茶の間だけが灯もかがやいて活気にみちていた。

高遠さんをまじえての、その一夜の語らいは、ことのなりゆきから、やっとできあがったこけし小屋と、そこに腰をすえることになる主《ぬし》のことに集まった。そして、船をおりた誠治が、

暇を盗むようにしてやってきた独力のこけし修業のことに話がおよんだときには、みなが爆笑した。

こけしの顔はまるく、つるんとしているので、顔をかく練習にはタマゴをつかう。その白く、まんまるい殻をこけしの顔にみたてて、眉や目、鼻や口を細筆で描いてみるのであるが、その結果、明和荘が仕入れたタマゴのことごとくが顔付きになって、お客さんも目をまるくした、というエピソード。

「鶏はコケコッコといってタマゴを生むげんと、あたしらがコケコッコで目をさましてみると、タマゴはみんな眉毛や目だらけなんだっけねえ、いやはあー」

これは母。高遠さんも、そんな軽口をひきとって、笑わせるのであった。

「おらも同ずだったあー。練習すっときは、鶏さ、ほら生め、ほら生めっつて、おっがげまわすていだもんだあ、ほんとぬ……」

その尻上がりの方言もおもしろかった。

それで、私もしばらくはみなといっしょになって、目尻に涙さえにじませて笑い、時間のたつのも忘れたのだったが、しかしやがて、そうしているうちにも、私は、私の胸にひたひたとわきあがってくる思いがあって、ひとり席を立ちたいような衝動にかられて、困った。

そして、三日後の誠治の初挽《はつび》きには必ずもう一度きて立ちあってくれるといいのこして高遠さんが帰り、家族もそれぞれの部屋にひきあげて、もの音がたえて静まりかえってしまうと、一度わきだしたその思いは、父の臨終の光景とだぶって、私の心をしめつけてきた。

父は、どうも腹のあたりがふくらんできて妙だと思い、病院に出かけて、そのまま入院となった。知らせをうけて母と私が一関の総合病院にかけつけたのは、四日め。しかし、そのときにはもうからだ中がむくみにむくみ、激しい七転八倒があったあとで、危篤状態におちいっていた。

父は、こんこんと眠りつづけた。その父をとりまいて、急の知らせに方々からかけつけてきた親戚筋の人や知人は、

「いのちをすてて がんばっていたんだね、じいちゃんは……。最後のがんばりを……、こんなになるまで……」

目をはらした母のつぶやきに、ことばもなかった。

だが、父はしぶとかった。私たち家族が医師に呼ばれてからかぞえても、なお三日間生き、そして、一度は目をさましさえした。

ベッドにぐったりとよこたわった父は、自分をのぞきこんでいるたくさんの顔を、なにごとかといぶかるように、あるいは、まるで十分なねむりからいま目覚めたという人のそれのように、さっぱりとした顔つきになって、あたりを見まわした。

その、わずかの間のことだった。誠治が、

「おやじ……」

と呼び、父の顔の上に木彫りの人形をさしだしたのは。

それは、伝統こけしでこそなかったが、見ればあきらかにこけしのかたちで、いわば現代っ子の誠治が、その感覚でこころみにつくってみたというような、一種の近代こけしであった。

ちょうど休暇で家にもどっていた彼が、なんとはなしに、ひまひまに彫っていたその人形のできは、彼の手さきが父親ゆずりであることを物語るものにもなっていた。が、誠治は、

「これ……、これ……」

といったきり、あとがつづけられない。

「すしょう」

と呼んで、助けぶねを出したのは、高遠さんだった。

「これ、見えっけ。誠ちゃんがつくったんだっつぞー」

誠治の手をとり、人形を父につきつけるようにした。もう一度、

「すしょう、見えっぺー、息子が……」

ずいぶんと長い間、父はじっと人形をみていたように思う。そしてやがて、父はぼそりとこたえたのだった。

「……見える」

「……そうげえー。見えるのげえー」

それから高遠さんは、ちょっとの間をおいて、ゆっくりと、こういったのだった。

「このぬんぎょう、うりものになっけえー。すしょうの目で見で、どうだげえ。息子にいってやってくんちえ、おやじさん……」

——やはり、父には思いがけない質問だったのではなかっただろうか。

よもや自分の最期に（と父が意識できたかどうか）こんな難問がふりかかるとは。子が継ぎたいといっているが、父の目で見て見込みがあるか。高遠さんの口からそれはでたが、聞いているのは子の誠治なのだった。父の胸は、ドキドキと鳴ったのではあるまいか。

深夜、寝静まった明和荘のなかで、ひとりまだねむれないでいる私の目に、父の顔がうかんできた。

髭でおおわれた顎をひき、口もうむとむすんで、一瞬きびしさをました顔。いまのいままで死の淵をさまよっていた人のそれとはとうてい思えない、強靭な意思のあらわれた表情。

父は、そういう顔になって、あのとき、ひとこと、いったのだった。

「……なる」

目をつむると、そのずしんとひびいた、重々しい声も聞こえてくる。

父は、それから間もなく息をひきとったのだったが、子の誠治が自分を継ぐことをはっきりと知って死んでいったのだ、と私は思う。そして、誠治が父を継ぐ決心をしたのも、あの瞬間においてではなかったろうかと、そんなことも思ってみる。

あるいは、こうした追憶は、父につめたかった私の、年とともにます悔恨もくわわっての感傷でしかなく、なんの意味もないことなのかもしれない。

その死後において、父と子の結びつきが強まってくることを不思議に思う気持ちもおさえがたいが、そんなことにこだわることも意味のあることではないだろう。

しかし、そのような追憶をつらぬいて、これだけはしっかりと心にとどめ、忘れてはならないことがある。間近にせまった誠治の、こけし工人としての出発が、父の遺した仕事、こういってよければ、自らの命とひきかえにのこした業績を土台としていること。そして、東北の、父もまぎれもなくその一人であった庶民の苦難の歴史を知りたいと思っている私にとっても、大正、昭和の激動の時代をしぶとく生きた父の生涯にわけいることによって、その追究に手がかりが与えられるという意味で、私自身もまた、父を足場にし、父の生を継いですすもうとしていること。これだけは、忘れてはならないと、私は考えるのである。

誠治の初挽きの日は、朝からよく晴れていたが、午すぎになって風が出て、陽がさしたまま、粉雪が舞った。

「北の方は、大雪だね」

こけし小屋にむかう誠治のあとについて、私とならんで歩いていた母がいい、私は空をふりあおいだ。

こけし小屋にはいった誠治は、ロクロ台にあがっても、すぐには挽きはじめなかった。尻のおちつき具合が気になるのか、しきりと尻を上げ下げした。

それからまた、挽き板の上の、太いにぎりの鉋やバンカキなどの刃物を、一つひとつ手にとって見入りながら、むっつりとしていた。

その彼が顔をあげてみせたのは、いよいよ電源を入れるというときになってのことだった。

誠治は、照れくさそうに笑い、

「そんじゃ、やってみっか」

といった。

ぼそりとしたその声は、私の気のせいではなく、生前の父のそれによく似ていた。

やがて、小屋にはロクロの音が鳴り、木くずがあたりにとびちった。

遺作

伝統こけしを作っていた父の遺作を売りに出すことになった。父の死後四年めの暮れのことである。

父は、岩手県の平泉で、福島県I市の家族とは別れて暮らしていたので、死んだ後の借家や工房の後始末がひと仕事だった。葬儀のあと、一息つくと間もなく母と弟が郷里から平泉に出向き、長男の私は東京の家からかけつけて、それをやった。

ひとり暮らしをしていた父の住居にこれといった家財道具はなく、その点手間がはぶけたが、こけしに関係するものとなると、そうはいかなかった。木取りされて工房に積みあげてあった沢山のこけしの用材は、父について修業していた若手の工人にゆずり、ロクロなどの機械は人に頼んで取りはずしてもらったが、遺作となったこけしそのものは、私たちの手で整理しなければならなかった。

父が自分の作品の見本にしていたと思われるこけしが、居間のガラスケースの中に大中小とりまぜて三十本ほどあった。同じ部屋の作り付けの棚には、在庫品のようなかたちで、やはりいろいろな大きさのものが約百三十本ならんでいた。木屑をよせた工房の隅にころがっていた二十本ほどは、父が入院直前に作ったもののようだった。

工房にはまた、まだ描彩されていない、白いままのこけしも十数本あった。父は、腹部が妙にふくらんで苦しいというので病院に出かけ、その場で入院を命ぜられて再び工房に戻ることなく死んでしまったので、そんな作りかけのものも残ることになったのである。

それらの、集め合わせてみると二百本ほどになったこけしを、一つひとつ、白い紙でくるみ、ダンボールにつめるのが、そのときの私たちの仕事だった。そして、四年めの暮れにやったのは、今度は、それらのこけしをいくつものダンボールから取り出して、紙をはぎとる作業だった。

作業は至極単純だったが、思いのほか手間がかかり、一日がかりになった。それはこけしの数のためではなく、私たちの気持ちのせいだった。

紙をはぐだけのことならば、たとえ二百本が五百本でも、手だけを動かして次から次へとやればいいわけだったが、それが父の遺したものだと思うとそうはいかず、心が動いた。わけあって、それを売りに出さなければならないという事情があるからなおさらだった。一本とり出してそれをながめ、次のをとり出してはまた同じ目と心でしばらくながめる、といった仕事の進め具合になった。遺作の吟味というようなこととは違った心持ちになっていた。母などは、ときおりため息をついた。

父は弥治郎系といわれる系統の流れをくんだ工人で、七十一歳で閉じたその一生を、ほぼこけし作りについやした。ほぼというのは、彼がこけし作りだけを終生の仕事としたのではないことのことわりのためである。

こけしをものにするにはロクロ挽《び》きに長けていなければならない。その点彼は、九つの時に木地屋の小僧となって技をたたきこまれていたので、腕はたしかだった。その腕で、彼はこけし作りのかたわら盆や椀を挽き、のちには木馬や歩行器などの玩具まで手がけて、これが当たった。木工場を建て、私や弟が生まれたころの父は、こけし工人というよりもその工場の経営者ということになっていた。が、工場は戦争末期に破産した。戦後しばらくは、その工場の再建に奔走したがだめで、その間につもりつもった借金をかかえて、父は行方をくらました。いまでいう蒸発だ。

人のうわさで、その父が群馬県の前橋にいてこけしを挽いているらしいと私たち留守家族が知ったのは、戦後も十五年たってのことだった。しばらくすると、今度は岩手県の花巻にいる、という風聞だった。

これはのちになってわかったことだが、家族に消息を断っていた間の父は、実にあちこちを転々としていて、その花巻からは、さらに平泉に移った。ただこの間の、前橋以後の父は、もう工場再建の野心は捨てて、ずっとこけし作りでとおしていた。私たち遺族の目に、父がこけし工人として一生を終えたと映っているのも、そのためだったが、実際にも、事業に失敗しつづけた父にとっては、あとに、こけしを挽く以外なすべきことがなかったのである。

前橋から花巻に移り住んだとき、父はすでに六十の齢をかぞえていた。東京オリンピックのころにこけしブームがおこって父の作も売れ出し、名も上がったが、生活者としての彼は、自分のほうから妻子とのよりをもどすことができない、さびしい孤老であった。

彼は、身寄りがなく、足の不自由な若い娘をひきとり、彼女に身のまわりの世話をさせながら、こけし作りに没頭した。平泉では、そこに骨を埋めるつもりででもあったのか、老いた力をふりしぼった。午前三時には起床し、ロクロにとりつくと、その日の夜更けまでそこを離れず、食事時のほかめったに立たなかった。

人づてにその様子を知り、母と弟が平泉を訪れて和解し、父に郷里に戻ることをすすめたが、父はそのつもりはないとこたえた。その後も、機会あるごとにすすめたが、父の返事は変わらなかった。

長い夫の留守の間、苦労に苦労を重ねて旅館を建て、少なくない借金をかかえながらも、そのころにはどうにか常客もできてやりくりしていけるところまでこぎつけていた母は、すっかり老いた夫に、こうくりかえした。

「もうそんなに根つめて働かなくたっていいでしょうに。齢のことも考えて加減しないと、命をちぢめるばっかりですよ。家に帰っても、もう昔のことをいう人はないんだから……」

父と母とはひとまわり以上も齢がはなれているので、まだ五十半ばのその母の口調には、祖父をいたわるようなひびきがあった。

「そうだよ、父さん」

と、弟もいった。「家に戻ったって、こけしは作れるんだし。裏に空き地があるから、あそこに仕事場を建てればいいんだ、ねえ、母さん」

だが、父はこたえた。

「おれはこっつに落ち着いちまったから、いまさら動けねえんだ。こけす作るには、こっつが一番だ」

「なにもこんな寒いところでやってなくたっていいでしょうに」

母がいうと、

「こげすは、寒いどこでねえどわがんねえ（だめだ）」

ぶっきらぼうに、父はこたえた。とりつく島のない口の重たさであり、固い表情だった。そして、そういうやりとりのあとは、白いもののまじった不精髭の顔を始終うつむきかげんにし、煙草をふかしながら、古畳のひとところにまばたきの少ない目をやって、母と弟の話をじっと聞くばかりの父だったという。

こういういきさつを私に伝えてくれたのは弟だった。

高校を出ると同時に東京で働きはじめ、郷里とは疎遠なまま生活していた私にひきかえ、末っ子の彼はずっと家にいて、そのころは母を助けて旅館業に従事していたから、そんな関係で、母が遠方の父を訪れるときは、その母にいつも弟が同行していたのである。

弟は、その折の様子を電話してきながら、

「兄さんにも一度平泉に行ってほしいんだ。親父、よろこぶと思うよ。兄さんからいえば家に戻る気になるかもしれないし。もう長男の兄さんの出番だって感じなんだ」

そういうことがあったが、いわれるまでもなかった。私もそのつもりでいた。

ただ私は、母をかこんで、仙台の方に嫁いでいる妹もまじえた母子四人の家族会議で父を迎えることにしようと決めたとき、ひとつの条件を出していて、それがその後もずっと胸にわだかまったままだった。

「戻った親父が、この旅館を担保にしてなにか事業をはじめたいなどと、そんな気を起こさせないようにしないと、だめだと思う」

そのための一札を父に入れさせる必要があるとまではいわなかったが、そんな気持ちもないではなかった。母やわれわれがつらい思いをしながら生きてこなければならなかったのは、親父の事業欲とでもいうべきもののせいではなかったか。失敗をくりかえして、もうだめだとなると家族を捨てて失踪してしまった。長男の私は、物ごころつくと間もなくから、

「おまえの親父さんは大きなことばかりしようとして困ったもんだ、お母さんも苦労する……。早く大きくなってお母さんを助けてやるんだぞ、——君」

事情を知るまわりの大人に、そんなことをいわれつづけて育ってきたのだった。

もちろん、それは素直に聞けば、子どもの私にたいする励ましのことばにちがいなかった。そして、私はそのように聞いてこっくりとうなずいたが、しかし、一人になると唇をかまずにはいられない気持ちも同時に味わわなければならなかった。

のちに私は、世の中の矛盾というものに目を向けるようになって、私たち一家の遭遇した事態がなにもとくべつなことではなく、庶民のだれもが大なり小なり同じめに遭って生きてこなければならなかったことを知り、その認識で自分の人生を律するようになるが、それまではまったくの試行錯誤のくりかえしであった。ひそかに唇をかみしめてばかりいた十代の後半、母を助けるつもりの私のがんばりはことごとく空転し、かえって母を苦しめる結果になった。だから、そんな苦い体験もしてきたので、父の失策——私たちからすればひどい仕打ちとし

かいいようがないが、父自身にしてみればまったく手痛い人生の「失策」の原因を、その父の事業欲とか気性とかにとじこめてしまってはならない、もっと根本的な社会問題として見なければならないと感じながらも、感情がそれにともなっていかないジレンマに私は陥っていたのであった。父を迎えるにあたっては、しかるべく一札入れさせなければといわんばかりの私のいい分は、そんな心理の経緯によるものだったのである。

それだったからまた、私には、父をいわば無条件で迎えようという母たちに、強いて反対する理由もなかった。それどころか、いったんそう決まると、とたんに私の心ははやった。父が姿を消したのは、私がまだ小学校三年生のときだった。それからもう二十年余もたっている。私は三十歳をすぎている。父を訪ねて、なんといえばいいか。うまく挨拶できるだろうか。以来私は、明日にも平泉に発つようなつもりになって、あれこれと思いめぐらす日々を周期的にもつようになった。

だが、私はぐずぐずしていた。こけしの本を集め、そこに父の名や写真になった作品をさがしてながめたりしているうちに、一年がたち、二年がたった。

思い立って手紙を書き送ろうとしたこともあったが、いざ書き出す段になるとむずかしく考え込んでしまい、その度に手紙より直接会った方が早いと、そんな当然なことを思って途中でやめてしまった。といって、そのときに機敏に平泉行きの予定をたてるということもなかった。

月刊雑誌の編集者として多忙な日々を送っていたためもあったが、それでとうとう私は、まだ元気なうちの父を平泉に訪ねる機会を逸してしまうことになったのだった。

七年まえの冬、郷里からのチチキトクの電報を受け取って、私は愕然とした。青森行の夜行列車に飛び乗ったが、すでに父は死にぎわにあって、ことばを交わすこともできなかった。ほどなく父は死に、私は、棺に入った父を見て心底からかわいそうに思い、そのときになってまた、子の私の方からの父への仕打ちにも気づき、

「おれは……、おれは……」なんということを、と思って泣いた。

主のいなくなった工房の作りかけのこけしを手にしたときも、わき出した涙がとまらなかった。その一本をしぼるようにしてにぎりしめると、キイキイと、木が鳴った。

売りに出すことになったこけしのなかには、そんな痛恨の思いにそまったこけしもふくめて、もちろん作りかけのものはふくめなかった。

作りかけとはいっても、形はととのっているから、それはそれで無描彩のこけしとして作品のうちではあった。木肌を生かした白いこけしばかりを挽く工人もずいぶんといる。それを一番にはぶいたのは、それだけは父のかけがえのない遺作として長く保存しておこうということなわけだった。

もっとも、遺作のなかから、どれを手もとにおき、どれを手放すかは、他のきちんとしたも

のについても問題で、まよわずにはいられなかった。出来ることなら、当初そうするつもりであったように、すべて所蔵できればそれに越したことがないわけだったが、そうもいかなかった。

父の遺作を売りに出そうと、それをはじめに言い出したのは、母であった。

母は、その年の十二月に入ってまもなく、前ぶれなく上京してきた。横浜に住んでいる母の実弟で、薬局を開いている叔父の所に用事があるという。

「そんなに急用だった？」

聞いたが、母は、

「……なかなか出てこれなくてね」

とことばをにごした。ものをはっきりという母にしてはめずらしいことだった。

夕食後、母は私の二人の小さい子を相手にくつろいでいたが、身ごなしがどこか大儀そうで、私はいよいよ気になった。

郷里の旅館は、弟の誠治が手助けしているとはいえ、賄いから掃除、洗濯まで、ほとんど母一人でやって、それでようやく生計が立っているというのが内情だったから、母がいつも過労ぎみなことは知っていた。知っていて自分が力になれないことに、時おり私は苦痛に思うことがあり、そのときのような母に接すると、ことさらに強く身に感じないではいられない質《たち》のものだった。

ことに、その年のはじめには、めずらしく母から借金の申込みを受けたというようなことがあったので、なおさらだった。二十万ほど用立ててもらえないだろうかということで、私は急いで工面して送金したが、日ごろは忘れていることの多い母の苦労を、それでいっぺんに思い起こさせられたそのときのことが、オイル・ショックというのがあったその年、ずっと気になっていたのだった。

そんなこともあったから、今度の母の上京も、出費の多い年末を迎えての資金調達を用事としたものにちがいないと思った。そして、それは一方では当たったが、もう一方では、直接にはまったくはずれた憶測だった。

母が横浜に行くのは、金を借りるためではなく、逆にそれを返すためだった。

「なんか、駅前に大きなスーパーが出来て、横浜の店も景気がわるいらしいのよ。……それに返すのがずいぶん遅れてしまっていたからね」

「そうですか」

私は、横浜に向かう電車のなかでそれを聞きだして、顔をくもらせた。

勤めを休んで母に同行したのは、その日のうちに叔父の所からまっすぐ帰るという母と、そうしなければ話し合う時間をもてないからだった。そして、父の遺作を売りに出す話が出たのも、その電車のなかでだったのである。

遺された二百本ほどのこけしの半分を手放しても、百万円にはなるだろう、と母はいった。

「建物のあちこちを修繕したりして、今年は出費が多かったこともあるんだけど、誠治にいつまでも手伝わせておくわけにはいかないし、少しまとまったお金をわたしてやりたいと思うのよ」

「……そうでしたか」

東横線の郊外に目をやっていると、

「どうかしらね」

と、母が聞いてきた。

「ええ」

と私はこたえた。「そういうことならいいんじゃないですか。誠治も早くこけしを作りたいと考えているだろうし、仕事場を作るとなれば、ずいぶんお金もかかるでしょう」

父が死んだとき、いずれ弟が父を継ぐことに決めており、弟もそのつもりになって近在の工人の工房に通って修業をはじめていたのだった。

「本当は、手放さないで出してやれるといいんだけどね。そうもいかない」

「それはそうですね。旅館の方も大変なんだから」

それから、母も窓外に目をやっていて、しばらくしていった。

「父さんも承知してくれるんじゃないけ。死んで息子の役に立てるんだから。元気なときはなんにもしてくれないでね……」

「……そうですね」

私はこたえた。

こけしは年内に処分することになって、私はその段どりをつける役目をひきうけることになった。

生前の父の友人に、橋田三郎というこけし評論家がいて、葬儀の際に私たち一家はずいぶんと世話になっていた。東京に住んでいる人だったので、早速、私は橋田さんを訪ねて、相談した。

「いま手放すのはいかにもおしいが、どうしてもというのであれば、ぼくが立ち合ってあげますよ」

そういってくれた橋田さんは、面長な顔に白髪が似合ったおだやかな老人だった。

ひきわたし先は、こけし専門店の「たくみ」がいいということになり、日程も打ち合わせたあと、私は、こけしを手放すということになってからずっと気になっていたことを、思いきって口にした。

「ところで橋田さん、これは率直におうかがいするんですが、父のこけしは、公平にみてどれくらいの値打ちがあるものなのでしょうか?」

どういう根拠からか、母は半分だけでも百万にはなるだろうといっていたけれども、この換価の点では、実は、私は半信半疑でいたのである。

「どういう作品が遺されているかということです、それは。まあ、名人ともいわれた工人だし、『たくみ』も、それは承知していますよ。心配ありません」

橋田さんは歯切れよくこたえたが、つづけて、

「ただですな」

とつけ加えた。「彼は、ずいぶんと多作でした。粗製濫造というわけではありません。しかし、作品が多いということは、それだけ蒐集家からすると手に入れやすいということです。ま、それを考えると、いま手放さない方が、という結論になるわけですが、しかし、ぼくもできるだけの協力はしますよ」

「そうですか。では、どうぞよろしくお願いいたします。いずれ母からもご挨拶いたします。ありがとうございました」

父が多作な工人であったことは、私もこけしの専門書や蒐集家向けのガイドブックなどで知っていた。

「木地、描彩ともに最近の作は油がのって、腕の冴えを見せている」が、「この放浪癖のある工人の激変する生活と気質を反映して個性豊かな注目すべき作がある反面、弥治郎こけしには多少多作なところがあって損をしている」というような解説があった。たしか、その先には、こんなことも書かれていたと思う。

「とくに、最近の作、花巻・平泉時代の作には目を瞠る逸品と駄作とが混在しているので、蒐集家は鋭い鑑賞眼をはたらかせなければならない……」

それでみると、父は晩年に多作だったようであった。そして、それは父の勤勉さの結果であって、常識的にはわるいはずのないことであったけれども、いざ換価するとなると、そこにはまた異なった通念がはたらくことを理解するのはわけのないことであった。だから私は、橋田さんの言を、その時もあとも、公正であることを疑わなかった。

が、私は、このことを母に告げることが出来なかった。晩年の多作の事実と、遺作の多くがその晩年のものであるということ、だから、期待のし過ぎはよくないということ。それを伝えることは母のねぶみに水をさす気がしたし、ひいては父の人としての値打ち、その悪戦苦闘の生涯の重みにもかかわって、母を失望させることになるのではないかと思ったのだった。

しかしまた、その思いは同時に私自身のものでもあった。

私は橋田さんに父の多作を指摘されたとき、正直のところ軽い失望を覚え、同時にちょっと抗弁してみたい気持ちにもなった。多作ではあっても！　それでも！　という……。遺作のなかには、たとえば父が自分の作の見本にしていたと思われる多作以前の旧い作も入っているのであった。私自身も、母のねぶみを実現したいと思う気持ちが強かった。

一日がかりで遺作を整理した翌日、私と母は、その日の夕刻に東京三鷹にある「たくみ」に着くように午《ひる》ごろI市を発った。橋田さんが「たくみ」で待っていてくれる約束になっていた。

遺作のなかから数種の型の見本を三十本ほど二つの風呂敷包みにし、正座した人の目がちょうどこけしの目と合うぐらいの大きさのを十本ほど包んだ一つは私が肩にかつぎ、母は小さい他のこけしの包みを手に下げて、家を出た。

車中、「たくみ」への見本としての、その三十本ほどでも、いくらくらいになるだろうなどと母がいいだしたら、どう答えようかと思ったりしたが、それは取り越し苦労だった。母は電車が出るとまもなく、

「昔からわたしは汽車の中では眠ることにしているのよ」

といって、早々と頰杖をついていねむりをはじめた。私は本をひろげた。

三鷹に着いたときは、すでに日が落ちていた。歳末だったけれど、駅前の商店街にそれらしい賑わいはなく、大通りを出はずれると、もうさびしい夜道であった。風が、つめたく吹いた。

「たくみ」の店頭にさがった大きなこけしのハリボテには灯が入っていて、私もはじめての訪

問だったが、すぐわかった。

「いやあ、お疲れさま、お待ちしておりました」

と出てきたのは、「たくみ」の主人の林さんだった。長身痩軀の老人で、一目には商人とは見えない学者ふうの風貌の持主だった。

橋田さんの話では、林老人は「技《わざ》の商人」とでもいうべきこけし界の独得の重鎮であるという。これはと思う工人をみつけ出すと、一時は損を覚悟でその工人の「技」を買い、いいこけしを作らせて彼の才能をぐいぐいとひきだし、そうしてまた自分も商いをしているとのことだった。橋田さんが、父の遺作の売りわたし先に「たくみ」をえらび、「心配ありません」といったのも、その折のことで、その意味は、売り手の足もとを見るようなことはないから安心していいということなのであった。

その橋田さんもすでに到着していて、林老人のうしろから顔をのぞかせた。

「いらっしゃい、今日はまた大変でしたな」

「その節は大そうお世話さまになりました。このたびもまた……」

母が挨拶した。

案内された八畳二間をぶちぬいた広さの部屋は、右も左も、こけしこけしであった。無数のこけしの目と色彩があふれていた。それに包囲されてわずかな空間が中央にあり、そこがいわば人の居場所というわけだった。

落ち着くと、

「さっそく」

と、林老人のハリのある声が室内にひびいた。「見せていただきましょうか。橋田先生には鑑定人として同席してもらいましたので、先生の鑑定にしたがってひきとらせていただきます」

なにやらきびしい空気がただよい、私と母は緊張した。風呂敷包みをとく私の手が心なしふるえ、一本、また一本ととりだして並べていくうちに、不安感がつのった。

「ほう、ほう」

林老人は、老眼鏡をかけ、しきりとほうをくりかえしていたが、

「とりあえず見本として、これだけを」

と、私がいうと、即座に、

「では、橋田先生、お願いいたします」

てきぱきとことをすすめた。

橋田さんの鑑定に、どれほどの時が流れたろうか。

一つひとつを丹念にみながら、しきりと手帳にメモをし、それがひととおりすむと、そのメ

モを林老人に示して、二言三言、低い声でやりとりしていた。

そのうちに、私は、

「――君」

と、橋田さんに呼ばれた。「ちょっと、奥へ」

ついていくと、襖一つ向こうは洋風の応接室で、私と橋田さんは並んでソファーに腰をおろした。

「いいものと思いますよ」

と橋田さんはいった。「それで、お母さんは、どれくらいを必要としているのですか」

「……はい」

「こういうことは、はっきりさせてすすめるほうがいいのです。林君も出来るだけのことはするといっていますからね」

「実は……」

と私は、正直に、母の目算をいった。すると、

「うーむ」

橋田さんは腕組みをした。

私は、いわなければよかったと、すぐ後悔した。

「あの三十本で、二十万。同型同質のもの、あと七十本として、結局、五十万、というところでしょう」

やっぱり、という気が私はした。

「お母さんと相談なさい。林君は六十万までなら都合つけてくれると思いますよ」

「……わかりました」――

母と私は、並んで、駅へ向かって暗い夜道を歩いていた。母は、着物の両袖を胸のあたりで合わせて、小刻みに歩いた。私は、顔を上げて闇をにらむようにして歩いた。

べつに、橋田さんの鑑定や林老人の商いに疑義をいだいているわけではなかった。いや、むしろその点では、私は相手方と第三者とをまったく信頼していたといっていい。

林老人は六十万を即金で払ってくれた。こけしは戻りしだい送ることにしての契約だったから、その代金はいわば前払いであり、林老人の立場からは、私たち母子への、それ以上の好意はなかった。持参した見本は見本として、あとのは現物を見てみなければ、といわれても仕方のない取り引きであったのだ。

にもかかわらず、私の心は重かった。

「半分だわね……」

と、橋田さんの鑑定結果を伝えたとき、母がうかぬ顔つきになってもらした一言が、胸につきささっていた。

しかし、それだけで心がふさぐのではないようだった。

どういうものか、歩いていると、しだいに怒りに似た激しい感情が胸と喉もとにこみあげてきた。そして、いまさっき、それを手放したばかりだというのに、もう私は、こう思っていた。いつかとり戻してやる、いつか……。

母も口をつぐんだまま歩いていた。

肩車

彼が通っている中学校の同級生のなかには、父親が戦死していたり、病気で早くに死んでしまったりなどしていて、保護者は母親だけという友だちがなん人もいた。柳井君がそうだし、大井川君もそうだし、鈴木花江さんもそうらしかった。

父親だけが保護者なのもひとりいた。柳田淳子さん。柳田さんは三年に上がるときに、どこか遠方に転校して行った。すこし斜視だが、さわやかな顔立ちをしたひとで、彼はひそかに好意をよせていた。

彼がそういう片親の同級生のことを心に留めるようになったのは、二年になってしばらく経ってからだった。

心に留めるとはいっても、まだ中学生のことである。ケンカが絶えず夫婦別れでもしたのか、くらいのことまでは詮索したかもしれないけれど、冗談にも知恵がまわるのはその辺が限度で、はじめのうちは、他人《ひと》にもいろいろと事情があるものだと、それも少し背伸びして思ってみる、という程度に過ぎなかった。が、そのうちに彼は、柳井君や大井川君や鈴木花江さんなどにたいして、くわしくは事情を知らないのに、あるうらやましさを覚えるようになっていた。なにがうらやましいかといって、両親がちゃんとそろっていればそれに越したことはないわけだけれど、片親だけという事実がそれとしてはっきりしていることは、彼らの家庭に余計な複雑さがないという点で、似たような身の上にある彼には、その方がどれだけ気が楽か、と思えたのである。

彼は、小学校のときからずっと母親だけの手で育ってきていた。けれども、彼に父親が死んでいないのではなかった。生きてはいるが、家にいず、昔から、どこか遠い土地で暮らしているらしいのだった。それからまた、その父の居どころも、わかっているような、いないような、きわめてあやふやなことになっていた。

中学に入るとき、一度、小さな妹や弟と一緒に、母に連れられて汽車に乗り、父に会いに行ったことがある。それからすれば、母は父の居どころを知っているということになるのだけれど、その後、母の口から父の話はひと言もなかった。また、父からも音沙汰がなかった。

そんなわけで、要するに彼の父親は子の彼からすると行き先不明の状態にあり、なのに、父親がいることになっているという こみ入った事情にあって、それは彼を困らせた。だから彼は、柳井君らをうらやましいと感じるときには、同時に、彼自身の家庭の複雑さを思ってなんとなく自己嫌悪に陥り、一時《いっとき》、憂うつにもなったりした。

彼は、年齢も十三になって、ようやく少年から脱皮しようとしていた。急速に背丈が伸び、声変わりもし、顔だちさえいくぶんか大人びてきたように、心も無邪気であるばかりではなくなった。それまではとくに気にもかけなかった、いない父親へのこだわりは、そのなによりの証拠であった。

が、それだけではなかった。一年前には、家そのものに著しい変化があった。町はずれのあばら家から、人の目に高級住宅地と映っているその町のほぼ真ん中にある、とある一軒に、彼ら母子が引っ越してきていたことである。

石塀をめぐらしたその家は、駅前に小デパートをかまえている沼沢さんの住まいだった。五十の坂にある沼沢さん夫妻は、昼間は店の方で過ごしている。夕食もそっちですまし、月の大半は閉店の後までいて、住まいにはほとんど寝に帰るだけという生活をしていた。夫妻の六人の子どもはみな成人して、それぞれに独立していた。それで、さしあたってはそこに住む家族がなく、日中ずっと空き屋になってしまう住まいには、留守番をおいて管理させていたのだったが、それをしていたおばさんが急にやめることになり、あとを彼の母親にまかせられることになったのである。

母親は、店の化粧品売場で働いていた。沼沢さん夫妻は、彼ら親子の事情を知っていた。それだけでなく、主人の沼沢さんは、彼の父親が、まだその町で木工場を経営していたころの商売仲間でもあり、ほぼ十年前の戦争末期には、当時軍需工場の指定をうけていた木工場の徴用工として、沼沢さんも国防色の国民服を着、同じ色のゲートルを巻いたりなどして作業に従事していたのだった。

そんな縁もあってか、若い彼の母親を「ひでちゃん」と娘のように呼び、なにくれとなく気遣っていた沼沢さん夫妻は、住まいの管理にあたっても、「子どもたちに遠慮させないで自分の家として暮らさせていいのよ、ひでちゃん」と、この上のない好意をしめした。それで母は、一時は「どうしようかしらね」と思案するふうだったが、そのうちに心を決めて移ることになったのだった。

家は、ひろびろとしていた。それまでとは雲泥の差だった。そこの一角に急造された倉庫が、池のある庭にそぐわなかったけれど、塀ぎわにはイチジクや柿の木があって、住んでからは、秋が楽しみになった。

主人の沼沢夫妻も、よい人たちだった。いかにも苦労してきた商人らしく、そろって腰がひくく、如才がなく、子どもの彼にも親しみやすい人柄だった。彼は、はじめから夫妻を「小父さん、小母さん」と呼んで、違和感がなかった。

が、半年が経ち、一年が経った。そして、彼も中学二年になって多少の分別がついてくると、彼は他人の家に住んでいることにひけ目を感じるような内攻的な性格をしめしだすようになり、それまでは素通りしていた日常のあれこれが、それぞれに意味をもって彼の心に映るようにもなってきた。

二年の夏休みになって間もなくのある日のことだった。

めずらしく、住まいの方に小父さんを訪ねてきた客があった。小父さんと同じ年配のハゲ頭のひとで、ともに懐かし気な声を玄関口であげたところをみると、ひさしく会う機会のなかった遠来の友らしかった。その日小父さんは、この客を待って朝から住まいにいた。午《ひる》の時間だった。

用事で母が店に出かけていたので、妹や弟と三人で昼ごはんを食べ、彼が、台所で茶碗を洗っていると、ぎざぎざ模様の硝子戸で仕切られたすぐ隣の部屋から、

「ああー」

と、小父さんがあげた声が耳に入った。話の接ぎ穂に、客がなにかを小父さんに問うたもののようだった。

彼は、どきんとした。いつか来た客も、挨拶に出た彼に一瞥をくれて、この子は？　と小父さんに問う目顔になったことがある。そのときの怪訝そうな客の顔が、ふいに思い浮かんだか

らである。

彼は聞き耳をたてないわけにはいかなかった。

「……ここをみてもらっているひとの、長男でね。今日は店の方に行ってもらっているが、あんたも憶えているでしょう、昔、――町で木工場をやっていた、真野誠一郎」

「真野？　うーん、うんうん」

「ちょっと理由《わけ》があって、四年ほど前から店に来てもらっているんですよ。たいそう苦労したひとでね」

「いや、思い出しましたよ。そうでしたか。真野さんといやあ、戦時中はたいそうな御仁でしたなあ。その後は、あたしなんかと同じで土地を離れたそうだが、あのころは軍需工場に行けば兵役をのがれられるっつうんで、商工会の幹部連なぞは真野さんのところに日参したもんです。まあー、実をいうと、あたしなんかも何度か足を運んだ口でしてな。会えずじまいで、そのうちに終戦ということになりましたが」

「いや、そうでしたか。しかし、いろいろありましたですわ、あの時期は……。あの子の父親も、終戦後は散散だったようです。もっとも、そういうのがあのころ多かったが、無理なことを繰り返して泥沼にはまり込んだというわけです。いや、どうも。ハハハハハハ」

「ハハハハハハ。いやあー、まったく早いものです、もうひと昔の話です。まったく……」

という客のため息まじりの声で、話は途切れた。聞いていた彼は、子どもながらに憮然となった。

同じ中身の話を耳にしたとしても、以前ならば格別どうということもなかっただろうに、そして、いまの話以上に直接彼自身にふれられたものであっても気に悩むこともなかったに違いないのに、その面では、彼はもう十分に子どもではなくなっていた。

そのとき、彼は部屋に入っていくことができずに困った。小父さんと客が歓談している茶の間を通らないと、自分たちの部屋に行けないのだった。

彼は、出しっぱなしになっていた水道の水を両掌にうけて、しばらくの間その場に立っていたが、やがてきちんと蛇口の栓をしめて勝手口に出た。

玄関にまわって部屋に行こう。が、その玄関まで行くと、そこでも彼はたたずんでしまった。開ければ戸は音を出すし、呼び鈴が鳴る。彼はいよいよ困惑した。

そうこうしてウロウロしている彼の脳裏に、小父さんの別なことばが浮んできて、それが膨れた。

「しっかり勉強するんだね、光右君《こうすけ》。君のお父さんは大きなことをしようとして失敗したが、そういうことのないように、勉強はウンとしないといけない。ここにくれば、君も高等学校にでも、東京の大学にでも行けるのだし、母さんも光右君を頼りにして、一生懸命、働いているんだからね」

沼沢さんの家に来て、母と膝をそろえて、はじめて小父さんに挨拶したときのことだった。

沼沢さんの住まいで暮らすようになるまえ、彼ら親子が住んでいたのは、操業をやめて打ち捨てられていた綿工場の屋根裏のような二階だった。

下はがらくたを押し込めた倉庫になっていた。それで、出入りには一度うす暗く埃り臭いその物置きの中に重い戸を押して入り、それからそこだけは変に頑丈にできている木の階段をのぼり降りしてしなければならなかった。

いかにもみすぼらしい家だった。が、いったん上にあがってしまえば、部屋はさほど貧しくはなかった。母がさまざまに工夫をこらしてそこの六畳間を使いやすくし、どこからか譲り受けてきた彼のためのすわり机も、ちゃんと置いてあった。

しかし、子どもたちにとって何よりだったのは、そこの小窓を開けてのぞくと、外がひろびろと田圃であることだった。

水浴びができる夏井川の堤も見えて、秘密の泳ぎ場まではひとっ走りだった。それで夏には、彼は家のなかで赤フンドシをしてパッと飛び出し、野路を一目散に駆け抜けて行く。秋には見わたすかぎりが稲穂のゆさゆさと豊かな波だった。

町や学校までは少し歩かなければならなかったので何もかもがいいわけではなかったが、自然の環境は申し分なかった。それで彼は家の貧しさを恥ずかしく感じて卑屈になるようなこともなく、ふつう以上に快活であった。そして、その綿工場に住んでいた間は、父がいないことに疑いやこだわりをもつということも、まったくといっていいほどなかった。

もっとも、彼がそのころそのようでありえたのには他にも理由があった。彼に、父親と暮らしたという記憶がほとんどないことだった。

父親は、彼がものごころつくころにはすでに家にはいなかった。敗戦という事態の推移のなかで、一時は時運に乗って盛んだった木工場がまたたく間にかたむき、その建て直しのために奔走して多忙だったからである。

終戦まぎわに、福島県の海寄りのその町の火力発電所に爆撃があり、一家は分工場があった会津若松に疎開したが、父親だけはその町に残った。戦争が止み、そして工場再建のめどがついたら、妻子を呼び戻そうという心づもりであったのだろう。

しかし、それはかなわなかった。戦争は間もなく終わったが、工場は破産して、父親はその町にいられなくなった。同時に、以後、挽回は他の土地でやらなければならなかった。そうして終戦後の父親は各地を転々としはじめ、はじめのうちこそ物色先に妻子を呼び寄せていたのが、そのうちにいつのまにか家族からも姿を消すことになったのである。

もっとも、いくら父親が、そんな理由で家に落ち着く間がなかったとはいっても、父子の交流が彼の幼年期にまったくなかったということではなかっただろう。妹が生まれ、戦後二年めには弟も生まれている。

だが、一方、幼かった彼に父親がいなくても不都合はなかった。彼には若くてやさしい母親がいて、その庇護のもとで元気に遊び、いく度かの転校にもいじけずに育った。性格こそ内気なそれになったが、やむをえないことだった。彼はその分だけいろいろとものごとを考える子どもに育った。

幼年時代がそのようであったから、やがて母親に連れられて、七年ぶりに父親と再会するということになったときも、彼は屈託がなかった。

小学校を卒業して、いよいよ中学生になるという日が近づいたある日のことである。

イソハラというところに父さんが来ている、とそうなんの前置きもなしに、母が彼に告げた。磯原に出かける前の晩だった。

蒲団に腹ばいになり、少年雑誌を読んでいた彼は、

「イソハラ?」

といって、イガグリ頭をあげた。

母は箪笥に洗濯物をしまっているところだった。背中をこちらに向けて、白い下着類を、な

かで繰り返し移しかえている。

彼は、その母を首をもたげて見ていて、

「ふーむ」

といった。あとは少年雑誌に目を戻して続きを読みだした。

「あした、お店のほう休ませてもらって出かけてみるんだけど、光右も行く？　四人で……」

妹や弟はすでに寝入っていた。彼は、

「うん」

とだけいった。

磯原は、その町よりももっと海に近い町だった。常磐線の上りで一時間ほど先にあり、汽車の窓に海岸線が見えだすと、もう磯原の小さな駅だった。

真夏なら海水浴客でにぎわうが、いまは季節はずれで駅前の通りはひっそりとしていた。母に付いて海が見え隠れする松原沿いの小石混じりの道を行く間も、籠を背負ったひなびた老婆に出会ったきり、他にすれちがうひとも人影もなかった。

春らしいおだやかな日和だったが、父が待っているという旅館に近づくにつれて、風がつめたくなった。潮の香が鼻をついた。

古い旅館の玄関入り口に立つと、すぐそこの黒びかりした階段から、ひとがおりてきた。父だった。

きちんと背広を着た父なのに、そのとき父はスリッパをはいていなかった。靴下のままペタペタと歩いてきた。彼はそれを見つけてしまったこともあってなんとなくバツがわるくなり、母にうながされて挨拶するときには、妹や弟とかわらずもじもじとなり、はにかんだ笑い顔でしかできなかった。

父と母が、旅館の一室ですこしずつ話をしている間、彼は退屈だった。妹も弟もそうらしかった。ちらりちらりと目だけを父にやっては母にまつわりついている弟は、数日後には小学校に入学するというのにまるで赤ん坊だった。おかっぱ頭の妹は、こんどは四年生になるので母のわきに膝をそろえて辛抱しているようすだけれど、頭は垂れて、手が遊んでいる。

部屋からは海が見えた。波音も聞こえる。ときどきよそ見に窓に目をやっていた彼は、とうとう母の膝をつついた。すると母は、

「二人も連れてってくれる？」

といった。

「……海を見に行きたいんですって。めずらしいんです、きっと。こんなに近いところにあるのに連れてきてやれなかったもんですから」

父にはそういっていた。

海は広かった。水平線を見るのもはじめてのような気がした。近づくと波が遠くでみるよりも白い。

彼は右手に弟、左に妹の手をにぎって、波を追いかけ、くる波からにげて遊んだ。

ふと振りかえると、浜辺に父と母が来ていた。

二人は砂丘のいただきにいて、母は着物の裾に片手をそえて膝をおっていた。もう一方の手を、髪にやっている。海風が強かった。

父は立って、こちらを見ていた。ずっと離れていて、その上どうしてか父の顔は翳っていてよく見えないのに、彼はその父と目が会ったような気がして、すぐに顔を戻してしまった。それからまた波を追いかけた。

彼はこんどは、ズック靴がぬれるくらい遠くまで行った。すると、弟はへっぴり腰になってにげようとした。が、彼はその手をきつくにぎってはなさなかった。


ある日、最後が理科の授業で、担任の今治先生の時間だった。

終わると、彼は教壇から先生に呼ばれた。「真野、おれと、ちょっと職員室にこい。話がある」

「いますぐですか」

大きな声で聞いた。放課後に予定があった。生徒会の会議をもつことになっている。二年のときは書記長だったが、三年になって彼は生徒会長にえらばれていた。

先生にそれをいうと、

「すぐすむ。一緒にこい」

という。

彼はむっとして頬をふくらませたが、仕方がなかった。席に戻り、一応机の上のノートや教科書を片付けてから教室を出た。

白い実験用の上っぱりをつけた今治先生は長身だったが、その先生に付いていく彼もずいぶんと背が伸びて、肩のあたりもしっかりとしてきている。男臭く分別くさくもなっていて、今治先生はそんな生徒にたいしては兄貴か、でなければ先輩のように少し乱暴に振る舞うが、生徒の方に不服はなかった。むしろそういう扱いをうけてグンとおとなになったような気になり、たしかに最上級生になったのだと自信に満ちて思う。

いま先生に付いていく彼も例外ではなかった。話ってなんだろう？　という表情にはなっているけれど、緊張感はそれほどでない。

が、先生が階段の踊り場で急に立ちどまったときには、さすがにどきりとした。先生は、にぎやかに上からおりてくる生徒の一団をやりすごしてから、階段の途中に突っ立っている彼を振りかえって、いった。

「どうしたんだ、おまえ。英数とも、こんどBになったぞ」

「…………」

「生徒会が大変か。それとも他になにかわけがあるのか」

「いえ。別に……」

とこたえたが口ごもった。

「すこしがんばれや。生徒会の方もやることはやらんといかんと思うが、高校入試ということではホーム・ストレッチに入っているんだからな。それだけだ」

「……いいんですか。帰って」

先生を睨む顔になって聞いた。

「うむ、頭がいかなくちゃ連中困んだろ。じゃあな」

彼は、なんだか物悲しかった。みんな帰って、しんとなってしまった教室に戻り、ズックのカバンに机のなかのものをつめ込んでいるうちに、そうなった。

能力別クラス再編成のための英語・数学の試験があったのは、四日前だった。他の授業はクラスごとの授業で二年のときと変化がなかったが、三年になって二科目だけは学年全体が入りまじり、二クラスずつのA・B・Cのどこかに振りわけられて授業を受けていた。もちろん高校入試のための対策であったが、彼は、いまはどちらもAの教室に出ていた。それが二学期からBになる。試験の結果がよくなかったというわけである。

彼はとくに怠けたおぼえはなかった。それどころか、三年になったころに、沼沢さんの好意で彼には勉強部屋があてがわれていた。いまは仙台の大学院にいっている沼沢さんの末子が使っていた三畳の小部屋で、それまでは物置きのようになっていた。そこを明けてもらえたので勉強がしやすくなった。綿工場の二階にいたころとくらべたら、天と地ほどの違いであった。

それなのに、その勉強部屋で勉強してきていたのに成績が下がった。生徒会長をしていてBでは面目が立たない。恥ずかしいとも思う。

が、彼は、彼自身意外と思えるほど、それほど落胆はしていなかった。くやしさはあるけれど、その気持ちとは別なところで、彼は、それは当然でやむをえない結果なのだ、というふうにも思っているふしがあった。

たしかに、勉強する環境はよくなったけれど、同時に、そういうかたちで沼沢さん夫妻の好意を受けたことで、彼は心に負担を感じないわけにはいかなかった。

彼は、そのしばらくまえから、意識的に店の手伝いをするようになっていた。夜、閉店時間がくると駅前の店に行く。そして、一般の店員が帰ったあともそれをしなければならない店内の整理を、いつも最後まで残っている母や沼沢さん夫妻にまじってやった。

「勉強はだいじょうぶなのか」と小父さんはいったが、うれしそうだった。それで、店に出ればそれだけ勉強時間が不足することははっきりしていたけれど、彼はそうせずにはいられなかった。

もっとも、彼に勉強部屋があたえられるというようなとびきりの贈り物がなかったとしても、沼沢さん宅に住まわせてもらっているという、そのこと自体が彼には負い目になっていたから、いずれは店の手伝いをすることになっただろう。また彼は、母の毎日をみていても勉強部屋にこもってばかりはいられない気持ちだった。

母が店に出かけるのは夕方からだったが、仕事は朝早くからあった。夜も遅くまであった。家のうちそとの掃除だけでも午前中いっぱいかかったし、夕方までにも、倉庫に荷物が届けばモンペに軍手で荒縄をとき、斧で木箱や商品の枠組みを叩いて始末した。

夜九時過ぎになって戻ると、こんどは、出かけるまえに薪を割ってたてた風呂の湯加減を主人夫妻のためにみて、ときには母よりももっと遅くまで仕事をして帰る夫妻の蒲団をしく。そして、母自身はしまい湯に入り、湯をおとして風呂桶や洗い場の簀の子をゴシゴシと洗い、それでようやく一日が終わるという日課であった。

彼は、向こうむきに、脇腹を下にして蒲団に横になる母の寝すがたが、石のようだと思うことがたびたびあった。彼は、自分たち一家がおかれている境遇ということを考えはじめてもいたのだった。だから、父もいないのだから、母を手伝わなければならないのは当然だと考えた。

沼沢さんの親切に浴している以上、小父さん小母さんからみて、自分が役立たずではない、かしこい子どもでもなければならなかった。Bクラスに落ちたのも、なにも自分に能力がないからではないのだ。それに、自分は高校に進学できるかどうかもわからない。

三学期がはじまってまもなくの夕方である。父兄会から戻った母親が、彼の勉強部屋の前に立って襖に手をかけた。すぐには開けず、ちょっと思案しているふうだったが、やがて、

「光右」

と呼んだ。「入るわよ」

彼は、敷居に立った母を見たが、すぐ目をそらしてしまった。そして、勉強を続けるふりをよそおって、

「なに?」

といった。

母は、すぐには口をひらかなかった。

彼も机に向かったまま、黙っていた。今日の父兄会が卒業後の進路に関してもたれたのであることを、彼は知っていた。

「光右さん」

と、やがて母がいった。「あなた、今治先生に、高校には行かないっていったんですって?」

「……」

「進学させるのはむずかしいですかって聞かれて、母さん、びっくりしたわ。あなた先生になんていったの。夏休みの間だって、補習に通って一生懸命やってたじゃないの」

それはそうだけど、と彼は心のなかで思う。

「ちゃんと受験するつもりなんでしょ、光右。母さんだって、そのつもりで働いているんだから。それに、中学出たら、お店で働かせてもらうなんて先生にいったりして。お店には当分、男子は不用よ。女の子でたくさんなんだから」

「だって、高校に行って遊んでいるわけにはいかないよ」

「高校って遊びに行くところなの。そうじゃないでしょ、光右。あなたは心配することないの、取り越し苦労するのはやめてよ。母さんちゃんと働いてるじゃないの」

いつまでもここにいるわけにはいかないじゃないか、と思わず口をついて出そうになるのを、彼は辛うじてこらえた。いえば母を傷つけるにちがいないことを体で知っている。が、それをいわないかわりに、彼は、

「だって、母さん!」

と声を荒げた。「柳井君や大井川君たちは、みんな就職なんだ。店がだめなんだったら、おれ、

ガリ版やったっていいんだ」

書記長のときから生徒会の会報を発行していて、それを一手に引き受けて続けているうちに、彼のガリ切りはみるみる上達した。町の謄写印刷屋さんが学校を訪ねてきて、どんな経路で手に入れたのか、彼の中学の生徒会報をとり出してこれを書いた生徒さんは進学でしょうか就職でしょうか、と聞いたとのことだった。最近のことだが、それを彼に教えた生徒会の顧問の先生は、真野はもう就職先が決まったようなもんだと彼の肩をたたいて、ハハハと笑った。もっとも××謄写堂さんには気の毒したがね、あいにくとこの子は進学組でしてね、それも県立I高校——。

県立I高校は、その町一帯の有名校だった。だから、顧問の先生が、彼がそこにすすむのを当然視していることを知って彼は胸がすく思いになってうれしかったが、反面、彼は妙な反発をも同時に感じて、こうも思っていた。先生、ぼくには父がいないんです。だからI高校には行けないかもしれないんです。

しかし、家に帰ってその話を母に報告するときには、彼は××謄写堂の社長さんが学校に訪ねてきたことだけをいい、それくらいぼくのガリ切りはうまいんだって、とちょっぴり得意にもなった。そおー、それはたいしたもんね、光右は凡帳面だから字にもそれが出るのよ、と母もほほえんだ。

その母が、いまは目をうるませて、彼をみつめている。そういうことだから卒業したらガリ切りをして働いてもいいといった彼自身も、うつむいて、いまにも涙をこぼしそうにしている。しばらくの間、母と子は黙ったままだった。

やがて、

「光右」

と母は静かな口ぶりになっていった。「いろいろ心配しないで、いままでどおり勉強してね。生徒会長さんが高校に行けないなんて、そんなことないんだからね。なんとかなるもんなんだから」

次の晩、彼は、店から戻った小父さんに呼ばれた。

「どうか。学校の方は」

「はい」

「会長と名がつくと楽じゃないな、おたがいに」

沼沢さんは駅前商店会の会長さんでもあった。

はい、とまた繰り返してかしこまっている彼に、小父さんはこういった。

「うちの男はみんなI高校に行って、それから大学に行ったんだ。光右も、ここにいるかぎりはそのつもりで勉強するんだな。なにもあれこれ考えることはないさ。君がそうしたいというなら、高校に入ったらきちんと約束してアルバイト代を出そう。もっとも、小父さんは、どっちにしろ、母さんにはずいぶんと無理をしてもらって、よく働いてもらっているのだから、君が手伝おうがどうしようが、そんなことは気にしない。わかったかね」

ところが、それからまた数日して、急に、横浜にいる叔父のところに用事があるといって出かけた母が、一泊して帰ってくると、彼を呼んで、こういった。

「光右。おまえ東京に行くかい?」

彼は、母を見た。

「みんなで東京でくらす?」

「…………」

「そしたら、光右もいろいろ気に悩まないですむし、東京の高校にも行けるし」

「どうして? 母さん」

「……母さんね、実をいうとね、お父さんに会ってきたの」

黄褐色の砂ぼこりが、次からつぎへと地面をめくりあげるようにして広い校庭のはしから走ってくる。

東京の空は、朝から厚い雲でおおわれていた。いまにも雨がおちてきそうな気配でもあるが、それにしても、なんでこんな悪条件のなかで朝礼をやらなければならないのか。彼には、どうしても私立T学園高校の校風が解せない。

正面の台に立ってしゃべっている教頭の話を聞いている者はだれもいなかった。一人もいないといえば誇張になるけれど、並びそろわされている七百名に近い生徒のなかで、顔をあげている者はまれだった。

一人ひとりはそれぞれの個性でいろいろなポーズで立っていても、遠くから見たら、みんなが肩を落としてうなだれている気力にとぼしい集団に映るに違いない。

週三回、始業時間まえに行われる、この私立T学園高校の朝礼を、生徒たちは自嘲ぎみに〝囚人行列〟と呼んでいる。「今日は囚人行列の日か。ということは金曜日か。冴えねえの」というふうに。この場合の使われ方は、必ずしもことばのそれからくる陰うつなひびきはないが、そして、大半の生徒も、内心ではともかく表面的にはそんなことにこだわる様子のない勝手気ままな学校生活を送っていたが、なかには囚人行列をきらって、退学したり転校していく生徒も少なくなかった。

朝礼での教師の話がどうというのではない。よくないことは朝礼のあとに、各学年ごとの服装、頭髪、靴、靴下などなどの、イヤな感じの点検がなされることだった。

「朝礼おわり」の声と同時に、校舎のある方角に教師が列をつくる。いわば人垣だった。その人垣の間を、生徒が二列縦隊になって通り抜けていく仕組みだ。

禁じられている長髪ぎみの生徒が通ると、彼は隊列からひき抜かれる。はでな色ものの靴下をはいていれば、彼は腕をひっぱられるか、でなければ背中をドンとひと突きされて、はじき出される。そうして彼らは、他の全部の生徒が校舎に消えたあとに、特定の教師によって教員室に引率されていく。

話では、あるとき、その身なり点検をまえにして、長髪ぎみの数人が突如として走り出し、校庭のずっと向こうの石塀をよじ登って逃げだした。教師が追跡した。やがて、捕まった彼らが教室にすがたをみせたときには、一人のこらず青々とした坊主頭になっていた、ということである。

本当にあったことなのかどうか、作り話のようではあった。けれども、彼はその話を同級生から聞いたとき、ふと、砂塵が巻きあがるだだっ広いばかりの校庭を思い浮かべた。そして、その黄褐色の砂ぼこりのなかを、バラバラと、数人の生徒が走っていく光景が、なにかの映画でみた囚人脱走のシーンに酷似していることに気づいて、ひどく重苦しい気分にもなった。

話を聞いたのは、郷里の県立I高校からここに転入学して二カ月ほど経ったころだった。彼は、そのころにはもう早くもT学園高校に入ったことを後悔しはじめていたから、よけい囚人行列のいわれのばかばかしさに気を滅入らせないわけにはいかなかった。

彼が沼沢さんの家を出て上京したのは、県立I高校一年の夏であった。もしかして高校進学は断念しなければならないのではないかと、悲観し、卑屈にもなっていた矢先、その彼に、こういう打開の道もあるのだと、母から思いがけない提案がなされた。

光右の気持ちは、いわなくてもよくわかる、母さんも一生他人の家で暮らすつもりはない。それで、父さんは群馬県の前橋にいて、仕事の都合上とうぶんそこを離れられないが、もしみんなが東京に出て新しい生活をはじめるというのなら、多少の援助はすることができる、光右の将来のためにもそうしてはどうか、と父さんはいい、母さんも、そうしてもいいんじゃないかと思ったの。

「光右もその方が気持ちがさっぱりするでしょ。それに東京にはいい学校がたくさんあるわ」

彼は、目の前が途端に明るくなるのを感じた。ふさぎの虫がいっぺんにふきとんだ。

東京には憧れていた。東京には、日比谷高校があり新宿高校があり戸山高校がある。東大合格者の多いことで全国一、二を競うそれらの高校の評判は、地方の中学生のあいだにまでとどいて、彼らの憧れの的になっていたのである。

ああ、そうすればこの家からも出られるんだ、というのも、とっさに彼が抱いた嘱望だった。ここにいればなに不自由がなく、裕福でさえあるけれど、家を出たい、と彼は思った。東京へ行きたい、と思った。

だが、この話は、その後立ち消えになってしまった。

父の助けが得られるとしても、一家で東京に転住するとなると容易ではなかった。横浜になら、そこには母の実弟の叔父夫婦がいるから移り住んでも心強いが、東京には親戚もないし、まったくの未知の都会だ。母はそれで決心をにぶらせたのであったろう。働き口にしても簡単に見つかるとは思えない。それに、母はこの話のはじめから、彼にこうもいっていた。

「もし東京に行くことになってもつらいことがなくなるわけではないのよ。いまよりももっと大変かもしれない。父さんのいうことだけをあてにして、この話は決められないものね」

母は、どちらかといえば、父の力を頼って東京に出るというより、父の助力があってもなくても、東京に出ることで子どもたちに窮屈な思いをさせているいまの生活から自活へとすみ出ようと考えていたようであった。

彼は、母の気持ちがわかるような気がした。が、わかるとはいっても、十四の少年のことだから自ずと限界がある。彼自身が日ごろ感じていることにあてはめて、それでわかったように思ったに過ぎない。もっとも、父がいったことであってもあてにすることはできず、真に受けるのは不安だという母の気持ちのその面では、彼はとっさに、いつか沼沢さんと客が交わしていたことばを思い起こして同感する度合いが強かった。母にどう約束したのかは知らないけれど、こんども、無理で、出来もしないことを空想してのことではないのだろうか？

しかし、彼にとってもっと強く切実でもあったのは、いったん火が点いた東京への憧れだった。それが思いもかけず実現しそうになったのである。彼は、母のいうことが理解できても、あきらめきれずに、気持ちはもう東京へ飛んでいた。

だから彼は、東京への引っ越しはとうぶん見合わせたいと母がいったとき、たちまち不機嫌になり、怒った口ぶりになっていったのだった。

「じゃあ、母さん。ぼくは高校に行けないわけなんだね。そのことがはっきりしないとイヤなんだ、ぼくは」

「そんなこと母さんいってない」

と母の口調も強かった。「それとこれとは別のことよ。わかんでしょう、そのくらいのこと」

「はじめからなければよかったんだ、こんなはなし」

「母さんを困らせないでちょうだい。どんなにしたって、あなたを高校に行かせてあげます。母さんだって、はじめっからそのつもりで働いてきたんだから」

「じゃあ、母さん」

と、彼は、そのときになっていった。

「ぼくを東京に行かせてほしい。横浜の叔父さんのところに行かせてほしい。あそこからだったら、東京の高校にも通えるんだ」

そうして彼は一人で東京に出てきてしまった。

彼が母に無理強いしたことは、もしも一家で転住することがなくても、その場合はと、ひそかに考えていたことでもあった。それに、いくら信用できない父だといっても、学費くらいは出してくれるに違いない。そのぐらいはしてくれてもいいはずだ。そして、母が彼の単身上京を許したのは、彼が心のなかでかけた父への期待を、母もまた、父にたいしてかけてのことであったろう。

彼の上京が高校一年の途中からになったのは、承諾してくれた横浜の叔父の都合もあってのことだった。県立I高校へは難なく入ることができた。

I高校での一学期が終わるのを待って、彼は中学の恩師だった今治先生のすすめもあり、都立の有名校の編入試験を二つ受けた。が、これには力がおよばなかった。

入ればもうけもの、というくらいの気楽な気持ちで受験しないと、通常の入試よりもむずかしい編入試験だから落ちたら失望することになる、とはっきり先生にいわれたので、彼は不合格を知ってもさほどの落胆はなかった。むしろ、それがじわじわと身にくるようになったのは、私立T学園高校に転入学してからのことだった。

「東京都内高等学校案内」という本を見て、一番月謝の安そうなところ、と考えてえらんだのがいけなかったのかもしれない。が、特典の欄に、学業優秀者にたいする特待生制度及海外留学制度あり、とあるのにはひかれた。

海外留学はともかく、もし勉強して特待生になることができれば、母に負担をかけなくてすむ。学費は父が出してくれることにはなったけれど、直接に彼は一方の当事者ではなかった。お金はいったん母の方に送られる。彼は父にも会ってはいなかった。それで、すべては母の才覚によることになっての転入学になったから、父との約束があっても、母にたいして余計な心配をかけたくないと思っていたのである。

ところが、私立T学園高校は、当初彼が考え、覚悟したよりもっと「程度の低い」学校だった。都立に不合格になり、次に名のある私立高校からもふり落とされた生徒で主に成り立っていた。彼の目に、不良じみた生徒が多かった。教師の様子も熱意なく映った。それで彼は、通いはじめると早々から、これならI高校にいればよかったと、そんな勝手なことを思ったりもして、しだいに失意にとらわれていった。そして、囚人行列があるたびに、それが強まり、心がすさんだ。

その日も、やっと囚人行列が終わって教室に戻ると、彼は帰り支度をして外に出た。

机に尻をのっけて高笑いしていたひとりが、いかにも揶揄したげな顔つきになってこっちを見たので、彼は険のある顔になった。心のなかでなにかに怒っていた。

一年の校舎から別棟の教員室は近かった。開けると、つきあたりに、いまさっき校庭に残された十四、五人の者たちがうなだれて立っているのが目にとび込んできた。説諭している教師は、生徒のかげになって見えない。

教師は、授業まえだからみなそろっているはずだけれど、なかは不自然なほど静かだった。それで彼は、教師たちの視線がいっせいに戸を開けた自分に向けられたように錯覚して、思わず戸口で立ちすくんでしまった。そこへ、

「なんだ、真野君」

担任の声が飛んできて、もうひき返すわけにはいかなくなった。

彼は、こんどは傲然と、という感じに顔をあげて机の間をぬって行き、教材を手にして立ち上がっていた担任の森に、

「早退したいんですが」

といった。「今日、ほんとうは田舎から親戚のひとが上京することになっていたんです。迎えに行かないといけなかったんですが、学校に出てきました。でも、やっぱり用事があるので、これから行きたいんです」

森は椅子をひきよせてすわり、彼を見上げた。眼鏡のむこうの目が大きい。その目をパチパチとやって口を開けかけたが、やめて隣に空いていた椅子を出し、手で彼にしめした。

腰をかけると、森は周囲を慮ったおさえぎみの声で、

「君は、このところ休みや早退が多いんじゃないのか。それで出てきてすぐひっかえすっていうのは、どうなのかなあ」

たしかに彼は休みが多かった。早退はそれほどでもないはずだけれど、他の者とくらべて少ないとはいえない。ざわついた教室や、それを放置したまま教卓にすわり、ノートを読みあげて一時間をやり過ごしているような一部の教師の授業に、彼は辛抱しきれなかった。その度に体の具合がわるいとかなんとか理由をつけて学校から逃げだした。だから、それを指摘されれば、彼は黙るよりほかなかった。

「ねえ、真野君」

と、森は膝をすすめた。「いくら自分の力に自信があるからったって、休んじゃだめだ。いつか結果が出る。プロ野球の選手と同じだよ。ぼくには、君は少し過信しすぎているように思えるんだけれど、どうなんだろう」

ずきんと胸が鳴ったが、彼は、いまは早退していいかどうかを聞いているんだ、と思った。森を見返した顔に、それが出ている。

「……そうか」

と、森は立って、一つ二つ首をふった。

「いいよ。やむをえないさ、理由があるんだから。しかし、どうなんだろうなあー。真野君はうちの学校でやっていけるんだろうか。ぼくは君の考えを聞かせてほしいと思っている」

彼は、心にひびいてくるものを感じたが、すぐにはどうこたえてよいかわからなかった。

始業のブザーが鳴り、同じように説諭されていた奥の生徒たちが、一列になって教員室の出入り口に向かって歩いていく。彼も森先生に一礼すると、その列のあとにつづいた。

彼は手紙を書いていた。父宛だった。

部屋のすぐ外を京王線が走っていて、にぎりしめている万年筆のさきにまで震動が伝わってくるようだ。終電らしい上りが行って、下りが通った。音もかなりだった。

彼が横浜の叔父の家から移ってきているここは、沼沢さんの実妹の嫁ぎ先である安斎さんの家だった。

ご主人は戦争で亡くなっていて、おばさんだけがいた。ついこの間までは、おばさんの長男夫婦が同居していたが、転勤になって九州に赴任した。大きな製薬会社の本社の営業係長だったとかで、九州へも栄転とのことだった。

叔父の家で受けとった母からの便りのなかに、思いがけず沼沢さんの手紙が同封されていて、沼沢さんは安斎さんの家についてそんなふうに書いたあと、実はと続けて彼に安斎の家に住んでくれないか、とあった。おばさんひとりになってしまって淋しがっている、貴君のことを話したら、ぜひとのことである。板橋の学校に近い都内だから貴君にもよい条件と思うがどうだろうか。母さんからもすすめてもらうことにする——。

彼は、また沼沢さんの庇護の下に入ることになるように思って気がすすまなかったけれど、杉並の下高井戸のその家を訪ねてみないわけにはいかなかった。

安斎さんのおばさんは、沼沢さんによく似て柔和な面立ちの五十半ばの婦人だった。

「まあー、ほんとに光右さんはお母さん似なのね。お母さんとはついこの間、兄のところでお会いしましたのよ。十も十五も下なのに、しっかりした方なんでびっくりしちゃいました」

おばさんは、初対面から彼を身内のようにあつかった。

「ぜひきてちょうだい。ここから学校が近いんでしたら、おたがいに好都合じゃない。ね」

だが彼は、そうして横浜から安斎さんの家に移ってまもなく、T学園高校をやめていた。

一学年三学期の期末テストは受けたが、あとは学校に退学届を送って登校しなかった。それからすでに半年が経とうとしている。

——お父さん、僕はいま、働いております。おどろかれることと思いますが、本当です。神田司町にある石川孔版社という所でガリ切りをしているのです。

彼は、そう書き出していた。

――学校はやめました。

母は反対しましたが、仕方がなかったのです。勉強が嫌になった訳ではありませんから、勉強は続けるつもりです。

学問とはそういうものだと僕は思います。当分は独学です。

それでお願いがあります。もし母あてに今も学費を送っておられるのでしたら、もう結構です。石川孔版社からもらう月給でやり繰りしますので打ち切って下さい。

その代わり、すみませんが、僕に学費の一年分くらいのお金を貸してもらえないでしょうか。必ず返済致します。

どこかに部屋を借りて、独立して謄写印刷の仕事をしたいと考えているのです。この手紙を出す住所は安斎さんという親切な人の家ですが、ここではやれないので、アパートの一室でも借りたいのです。

石川孔版社に就職する前に、二カ月間、水道橋にある東京謄写学院で講習を受けた際、将来独立する時は仕事を斡旋してもいいと学院の講師が言っていましたので、独立は心配なく可能だと信じています。

右、くれぐれも宜しくお願い致します。

×

追伸

昔のことでお父さんにぜひ教えて頂きたいことがあります。それは僕達が仙台のX橋近くに会津若松から（あるいは若松から移った郡山から？）移住していた頃のことです。アメリカ軍の戦車や軍用トラックやジープがX橋を渡る時、群がる子供達にガムやチョコレートやいろんな物を投げて寄こしました。

下校時の近所の子供達は皆ひろっていました。その光景を見ている時、僕は、家の路地からお父さんが出て来るのに気づきました。光線の加減で黒い影のようにしか見えませんでしたが、思わず僕は「父さん」と呼んで駆け出し、背中のランドセルの筆入れを鳴らして追いかけました。しかし、父さんは雑沓の中に入ってしまい、僕は見失ってしまったのです。

お父さん、御記憶でしたら教えて下さい。あの日あの時、父さんは何処へ行ったのでしたか。あの直後、僕達はI市に戻り、綿工場の屋根裏で生活することになったのです。このことは今の僕にとってはきわめて重要であり、ぜひ確かめたいことです。何故かといえば、父さんの姿が僕の記憶の中で鮮明なのは、あの時の光景だけだからです。他に思い出そうとしても思い出せません。

お父さん、どうかお父さんがたどった道を僕にくわしく教えて下さい。日曜日を利用してお父さんをお尋ねすることも考えております。
以上が二つめのお願いです。

書き終えたときには、真夜中になっていた。ところが、その時間、もうひと息と思って宛先を書く段になり、古いノートをひらいてみて彼はどきりとした。

父に手紙を出そうと思いたって数日経つが、その間、父の住所をひかえたメモ用紙がそのノートにはさみ込んであるとばかり思って安心し、あらかじめたしかめることをしなかったのである。ちょうど一年前に上京するときに母から聞き出してメモしておいた。それがない。しかし、そんなはずはないんだと思い直して、同じようなノートや、ためしにI高校のときの教科書もパラパラやってみたけれど、それらしい紙きれは落ちてこない。彼は憮然となった。

母に聞きなおすより手がなかった。それで彼は、こんどは母に手紙を書いた。

ところが、紙きれは偶然、二日あとに見つかった。文庫本の『次郎物語』の三冊めの間から出てきたのである。『次郎物語』は、中学のとき学校図書館から借り出して読んだ。主人公の悪戦苦闘に感激して欲しくなり、彼自身で買って大切に東京に持ってきていた本だった。

それにしても、どうしてこんなところにはさまっているのか、と彼は思ったが、しばらくして、ああそうだったと気づいた。上京してすぐに父に便りを出そうとしたことがあるのだった。

そのときははじめて出す父への手紙をどんなふうに書いていいのかわからずに、中途でなげだしてしまった。会ったときにきちんと挨拶すればよいと思った。父さんは、光右が上京したらぜひ訪ねて話し合いたいといっている、そう母から彼は聞いていたのである。

けれども、父は訪ねてこなかった。連絡さえなかった。彼は一時はそのことにこだわったが、そのうちに都会の喧燥と慣れない生活とにふりまわされてうやむやにしてしまった。

彼は、出てきた紙きれをながめ、真野誠一郎・群馬県前橋市――町九十四番地とあるのを封筒に書くときになって、それを思い起こした。どうしてだったのだろうか。

ふと脳裏をかすめるものがあった。父は、もうこの住所にはいないのではないだろうか？別に根拠があっての疑いではなかった。なんとなく、ふっとそう思っただけである。けれども、いったん思うと、疑いはみるみる膨れあがって彼は胸が苦しくなった。そして、さらにしばらくすると、彼は彼自身に憤った顔になって紙きれを二つにひき裂き、三つにひきちぎり、苦心して書いた父への手紙をやぶいてしまった。いまになって父を頼ろうなんて！

なのに、その彼が、つぎの日には同じ文意の手紙を、こんどは郷里の沼沢さん宛に書いたから可笑《おか》しい――小父さん、唐突なお願いで申し訳ありませんが、僕に×××××円程のお金を一時貸して頂けないでしょうか。

沼沢さんからの返事がないかわりに、母が急に上京してきたのは、四日後だった。母は、彼がT学園高校を退学したいと伝えたときにも突然上京してきたことがあったから、こんどで二度めである。

「光右」

と母は、おばさんに挨拶をすませて彼の部屋に膝を落とすと同時に、きつい声になっていった。

「光右。小父さんに書いたこと、あれはなに？　あなたは、いったいなにを考えているの？　これからどうしようっていうの？　母さん、よくわからない。わからなくなった」

彼を見る目に涙を浮かべている。

彼は、うつむいてしまった。

「光右！」

彼は呼ばれてくちびるをかんだ。

「父さんがいなくたって、関係ないんだから。ちゃんと母さんがしてあげます。いままでだってそうしてきたじゃないの。母子でがんばってきたじゃないのよ。光右、顔を上げてみなさい。上げなさい！　上げなさいったら」

母の手が、彼の顎にかかった。

彼の頬にぽろっと涙がこぼれた。くちびるもわなわなとふるえてきて、彼はなぜかやたらとくやしかった。

神田司町の石川孔版社の仕事は定時に終わることがなかった。決まって毎日納品に追われたガリ切りがあり、職場を出るのはいつも七時、八時になった。

帰り、彼は神田小川町の交差点に出て、国電お茶の水駅に向かう坂道をゆっくり歩いた。

彼はまだ学生服を着ていた。秋が深まっても他に着るものがなかった。

駅まえの灯のあるところまでくると、彼はきまって立ちどまる。まっすぐ安斎さんのおばさんの家に帰る気になれなくなっていた。

といって、他にどこへ行くあてもない。一時は、駅の反対側の明治大学のそばにある英語学校に通うつもりになったことがあったけれど、払える月謝ではなかった。無理して入ったとしても残業で通いきれなかっただろう。

仕方なく、彼は聖橋に立つ。そして、下を流れる神田川の濁った水面を見おろした。

読みかけていた小説の主人公も、胸を冒されたからだでやはりここに立ち、絶望的なまなざしで川を見る。目を上げても、川向こうに見える大病院の建物がまるで墓場のようだ。ため息がでる。吸いさしの煙草を指ではじくと、小さな赤い火がくるくるとまわって川面に落ちていく、というところなどがあざやかで、彼は魅入られた。が、彼自身は、まだ煙草を吸う年齢ではなかった。

いったい、これからどうしたらいいのだろう。学校は、ただもうそうしたいばっかりの思いつめた気持ちで退学してしまった。

「真野君はうちの学校でやっていけるんだろうか」といった森先生は、あとでは、「なにをそんなに息せききって急ごうとしてるんだ、君は」と嘆息した。彼が退学届をもっていき、不審な面持ちでいる森に、「これからは働きながら勉強するつもりです」といったときだった。

「まあ、それはいいことだが」

と、あのとき森先生は口調を改めていった。「この届けには保護者の印がないね。これではまずいよ、真野君」

「君は！」

「それでは仮退学届として受理して下さい。あとで正式のを送ります」

「では、これで失礼します」

「まあ、待てよ」

と森は立ち上がり、応接室の手前まで歩いて振りかえった。

が、そこはふさがっていた。束の間、森は髪に手をやって思案しているふうだった。その森に彼は傲慢な口ぶりを繰りかえした。

「ぼくは帰らせていただきます。先生もお忙しいでしょうから」

が、森は唐突にこういった。「今晩、ぼくのところに遊びにこないか、五反田まで」

「………」

「家にはおふくろしかいないから遠慮はいらないぞ。まえからさそおうと思っていたんだよ」

しかし、彼は行かなかった。先生の家へだけでなく、学校にも行かなかった。ただ、そのときの森のさそいは、あとあとまで心に残った。森が急に親しいひとに感じられ、一瞬、じんとなった心で、郷里のこと、父のこと、自分自身のことを話したいとも思ったが、そのときは思いがけないさそいだったうえに、同時にもうこの学校にはこないんだから、と投げやりな気持ちにもなっていた。

母の一度めの上京は、その直後であった。学校からの通知も受けてのそれだったので、とるものもとりあえずといった急な母の上京だったが、彼はおどろかなかった。すでに考えを決めていた。退学したら孔版技術を教える東京謄写学院に通う。そして就職する。

「中学のときの経験が生かせるんで好都合なんだよ、母さん」

彼は、こうもいった。「なんだか、中学のときから、こうなるような気がしてたんだ。いちばん自然な気がするんだ。ぼくはいろんなことに絶対負けない。歯をくいしばって働いて勉強するよ、母さん、そうさせてほしいんだ」

母は、かなしそうな顔になって彼を見た。

だけれども、二度めの母は違っていた。

彼の唐突な手紙を受けとった沼沢さんの小父さんは、光右はどういうつもりなのか、といったんは口にしたけれど、本当にそれで身を立てる気なのか、光右のことだから考えがあってのことだろうといってくれた。が、

「母さんは恥ずかしかった」

と、母はいった。

「父さんみたいにならないで――」

ともいった。

彼は、こんどは打ちのめされたような思いになった。小父さんへのあれはやはり出すべきではなかったのだ。勝手に学校をやめ、こんどは途方もないことを考え出したといわれても仕方のないことであった。手紙を投函したときにすでにそれくらいの分別はもっていたような気がする。そう思えるだけに母のことばは打撃であった。

大きなことばかりを考えて失敗した父。無理なことを繰りかえして泥沼におち込んだという父。そうと母がいって、そういう「父さんみたいにならないで――」と彼はいわれたわけではなかった。けれども、ひとの話でしか父を知らない彼にはそうとしか聞けずに、一瞬、絶望的な気持ちにもなった。そういう父の血を受けついでいる自分は、もうだめなのではないか。な

にかを地道にやって堅実に生きていくということができない自己なのではないだろうか。そんなことはあるもんか！　と思う気持ちもなくはなく、むしろ彼には強かった。けれども、ではどうしたらいいのかが、わからない。

聖橋に立って彼が思うことは堂々めぐりであった。

じかにふれた父でなく、影のような自分のなかの父とたたかって、彼は困憊しそうであった。その彼が、いま出来ることとして考えるのは、鋭い鉄筆で、カリカリと原紙のひとコマひとコマに小さく字を刻んでいくことだけである。しかし、それをしていて、この先どうなるのだ、ともうひとりの彼が思う。

上京して二度めの冬がきても、彼は聖橋にたたずんで身動きがならなかった。


その年も、もう十日もすればおわるという十二月の寒いある日のことだった。

彼が安斎の家に戻ったときには、すでに九時をまわっていた。

玄関を開けて入ると、おばさんがいつになくかたい表情で茶の間からすがたを見せた。

「光右さん、お父さんが見えてるのよ」

彼はおばさんを見返した。

「あなたのお部屋で、ずっと待っておいでなのよ」

下を見ると、革靴があった。

「すみません」

といったが、彼はたたきの見なれない革靴から目をはなせない心持ちである。片方の靴紐のひとところがコブになっている。

部屋で父はむこう向きにすわっていた。ドアーをほそ目にあけたとき、背中だけが見えた。肩幅はありそうだが、猫背である。彼はどきりとした。力のない背中であった。

彼に気づいて振りかえった父は、

「おっ」

と声を洩らして、顔を笑わせた。髭がこい顔だった。その父の背後をまわって奥の机まで歩き、もっていた紙袋をおいてから振りむいた。学生服のつめえりに手がいった。

「おそいんだな、学校」

と父がいった。

「はい」

と、彼はこたえた。

「塾のようなところに通っているのか」

「はい」

「大変なんだなあ」

「…………」

「少し顔色がよくないようだが」

「そうでもないと思いますけど」

「磯原のときはもっと肥えていたと思うが。からだは大事にせんとな」

「あの頃は子どもでしたから」

「うむ」

「東京には、お仕事でしたか」

父は彼を見た。

「もっと早くにと思っていたが、母さんから事情を聞いているだろうが、なかなか出られなかった」

事情なんか聞いていない、と思った。

コツコツとドアーがたたかれた。廊下に、おばさんがお盆をもって立っていた。

「なにもなくて。ごめんなさいね」

「すみません、おばさん」

低い声でいう。

「なにかすることがあったら、知らせてね」

おばさんもささやくようにいう。

「はい、すみません。お願いします」

暗い廊下を去っていくおばさんを見送っていて、彼は急に淋しい気持ちになった。ひとり取り残されたようで、心もとなかった。それから、父はなにも知らない、とふと思った。父とむきあって何を話したらいいのか。手紙で頼もうとしたことなどは、いまはどうでもよかった。

途方にくれて、和菓子と二つの湯呑み茶碗がのっているお盆をもってたたずんでいると、父が立ってきた。

「汽車の時間があるんで、外でめしでもどうか」

父は磯原のときよりずっと背がひくかった。それに磯原での父は、こんなに猫背で爺むさくはなかった。

「どこから汽車に乗るんですか。送ります」

「新宿がいいんだが」

「そうですか」

外に出た。風がある。

「おまえ、外套はないのか」

「寒くないですから」

父は古びた外套をきていた。

京王線の電車に乗り、空いている席に父をすわらせた。彼はすこし離れて立った。ひとにおされると、もっと離れた。その方が気づまりがなくてよかったので、彼は駅ごとにおされて、父から見えないところに立っていた。

窓硝子に映っている眉をしかめた顔をみつめかえしていると、たわいなく、自分が悲劇を演じている少年のように思えてきた。彼は口もとにうっすらと笑みを浮かべてみた。が、つぎの瞬間には、彼はさらに眉根をよせて、なにかを心にさぐるような表情になった。

暗い夜空に花火が打ち上げられている。いや、あれは花火ではない。照明弾か曳光弾だ。爆弾が花火に見えたのは見上げている自分がまだ三つか四つの子どもだからだ。

その夜のまえかあとの日に、母と自分と、生まれたばかりの妹とで防空壕に入った。なかはじくじくと湿っていた。空襲警報が解除になって、おそるおそる防空壕から最初に頭を出してみたのは自分だった。青々とした丸坊主で、へっぴり腰の小さな自分。それにしても、突然昼ひなかにサイレンが鳴り、母が赤ん坊の妹を抱きかかえそこねて押し入れの敷居にとり落としてしまったのは、いつのことだったのだろうか。あのとき、妹はギャーと泣いた。その悲鳴を覚えている。

いや、いま自分が思い出そうとしているのは、そんなことではない。そうではなくて、そんな疎開前のある日、夜空の花火に似た光景を見上げていて、とつぜん背後から、自分がサッとすくわれて、だれかに抱きあげられたことである。強い腕だった。背もぐんと高かった。その頑丈な肩に自分はたちまちおしあげられて、いちばん高くなった。

あの肩車をしてくれたのはだれだったのだろう。顔も声も記憶になかった。父は留守がちだった。だから父とはきまっていないと思って、いままでは父の記憶から欠落させてきた。しかし、考えれば、あの肩車が父のでなくてだれのでありえたというのだろう。あの影のような肩車の主。——

新宿西口焼きとり横丁のとある食堂で、父と子が黙りこくって箸をうごかしている。子には父に聞きただしたいことが、山ほどあった。けれども、背中をまるめてカツ丼についた味噌汁を音をたててすすっている父を見ていると、彼はなにもいえない。彼のどんぶりは半分もへっていなかった。

食堂を出、駅の方に人ごみのなかを歩いていて、父が足をとめた。うしろの彼を振りかえり、視線があうと、父は黙ってわきの洋品店に入っていった。

外で、ぼんやりとしてながめている彼の目に、店内をうろうろしている父のすがたが映っている。ふと彼は気がついた。つかつかと店内に歩き、父の腕をとった。

「いいんです。いいんですよ。お父さん」

ぐいと左腕をひっぱって通りに出た。父は黙って彼にひっぱられた。

こんどは彼が先になって歩き出すと、

「光右」

うしろで父が呼ぶ。

身につけていた古外套をぬぎながら、目で彼をまねいている。

「これ、光右には小さいか」

重い外套だった。

「着てみろ」

「…………」

「ほれ、腕をとおしてみろって」

路地をさがして、彼は父の外套を着てみたが、小さかった。両袖から、にょきっと腕首が出た。が、彼はすぐには外套をぬぐことができなかった。

路地には灯が十分にとどかないので、父のすがたは影のようにしか見えなかった。けれども、彼はその父に向かって両手を差し出してみせ、思わずにっこりと笑った。

皂角坂

水道橋の改札口を右手に出て、いま新宿方向から乗ってきた電車がお茶の水に向かって走り去るのを左上に見ながら、坂をのぼった。

二十年ぶりに歩く坂道だった。はじめはゆるやかだが、中ごろから、急にかなりの勾配になる。私はコートに両手をつっこみ、いくぶん前かがみになってゆっくりとそこをのぼった。

坂道は、皂角坂《さいかち》と名付けられている。しかし、私がそのことを知ったのは、十月下旬のその日になってのことだった。高台に出て振り返ると、線路越しに、後楽園スタジアムの、そのジャンボ席なども見えるあたりに、道標が建っていたからである。

「この坂を皂角坂といいます」と、そこにはあった。「『東京名所図会』には、〝駿河台鈴木町の西端より土堤に沿いて三崎町の方へ下る坂なり〟とかかれています。名称については、新編『江戸志』に、〝むかし皂角樹多くある故坂の名となす。今は只一本ならではなし〟とかかれています。『サイカチ』とは野山にはえる落葉喬木。枝にとげが多く、葉は羽状形で、花も実も豆に似ています」。

50・3、千代田区——と彫りこまれているのも口の中で読みとっているうちに、私は、自分の心に感傷が差しこんでくるのがわかった。なにせ、この皀角坂をそういう名の坂とは知らずにのぼり降りしたのが、道標が建てられてからかぞえても十八年も前のことだったからである。昔、その高台の一角に、孔版技術を教える職業訓練所的な専門学校があったのだった。T謄写学院といって、建物は出入り口のせまいモルタル作りの古びた二階建てだった。

今はその建物もなくなり、東京デザイナー学院、東京写真専門学校の二校が入っている立派なビルにかわっていることは、ときおり、電車の窓からうかがって知ってはいた。が、T謄写学院がいつごろ廃校になったのかには気づかないできた。私が通っていた昭和三十二年当時は、基礎科、高等科などのコースと共に、それぞれの時間帯も、午前、午後、夜間というふうにあり、受講者もかなりの数だったのだけれど。

当時、私は十六歳で、その年の三月まで通学していた高校を退学していた。それで、たいがいの受講者が転職や副収入を得るための技術習得ということを考えて通ってきていたので、そういう大人たちの中に学生服のままでまぎれこんで講習をうけていたという恰好だった。

五月、六月と、毎日午後のコースに通い、ガリ版の技術をひととおりマスターして、いよいよ、学院の斡旋で印刷所に面接に行くことになった。そして、その日、紹介状をもらう目的で学院に立ち寄った私は、そこで、同じ印刷所へ就職を希望していた藤沢庸子という女性と顔を合わせることになった。

駿河台にさわやかな風が吹きわたっていた七月初旬のその日の午ごろ——学院の応接室で、私が担当者の説明をうけていたときには、まだ藤沢さんは姿を見せていなかった。

「……浦田さんに行っていただくのは、えー、神田小川町の石島孔版社というところです」

痩せぎすの年配の担当者が、手もとの書類とこちらとを、鼻のあたまにひっかけた老眼鏡《めがね》越しに交互に見ながら言っていた。「先方は一名の希望ということなのですが、学院としても都合がありますので、あなたと、もう一人、えー、藤沢さんという女の方を紹介することにしました。浦田さんは藤沢さんをご存知ですかな?」

「……藤沢さん、ですか?」

心当たりがなかったので首をかしげていた。すると、担当者は、

「いや、結構です」

と、今の問いかけを取り消し、たぶん、その藤沢さんというひとの履歴書のようなものに目を落としながら、ウンウンというふうに顔を振って先をつづけた。「藤沢さんは、五月にすでに本学院を修了しておりますな。ま、先方にはそのように連絡してありますので、とにかく一

緒に出向いてください。石島孔版社は、ここから歩いてもたいした距離ではありませんから、なんですよ、昼食をとってからでも十分と思います」

では、そこで待つようにとさししめされた出入り口近くの丸椅子に腰かけていると、ほどなくして、藤沢さんというひとがやってきた。

藤沢さんは、応接室に姿を見せたとき、ドアをそっと開け、把手をにぎったまま顔だけのぞかせて室内をうかがうようにした。それで私は、その女が藤沢さんとはすぐに気づかないで、咄嗟に、ノックもしない無作法な彼女を咎めるような目つきになって見やった。すると、

「……ここじゃないのかしら？」

と、女は口の中で呟くように言い、もの問いたげな眼差しになってこちらを見た。

私は思わず腰を浮かせた。と同時に、このひとなのかと思い、立って口を開きかけたとき、気配を察して衝立の陰の担当者が言った。

「……藤沢庸子さん、ですか？　だったらこちらですよ」

「はい」

と、彼女は反射的に甲高い声をはじかせた。「どうも申しわけございません。おくれてしまって……」

藤沢さんは、体を中にすべりこませると、ホッとしたような表情で汗をにじませた小鼻や額

にハンドバッグから取り出したハンカチを軽くおしあて、それから心持ち腰から上をかたむかせて奥に歩いて行った。やや太めの脚に黒いエナメルのハイヒール、明るい色のワンピース、という姿の彼女が私の前を横切るとき、その肉づきのいい体から強い香水の匂いがした。三十に近い女に見えた。

私は、その藤沢さんを待ちながら、こんなことを考えていた。石島孔版社はおれを採用するかも知れないな。あのひとならおれの方が役に立ちそうだ、一目でそう判断してくれるにちがいない――。

あのひとなら、と思った気持ちは複雑だったが、藤沢さんというひとがガリ切りを職業とするようなタイプに見えなかったことがいちばん印象に強かった。それは、まだ私が少年だったせいもあるかも知れなかったが、しかし、そういう印象は、衝立のむこう側の担当者と藤沢さんとのやりとりを聞くともなしに聞いていて、いっそう私の心の中で強まった。

「……そうなんですの? 困ったわ、あたし。鉄筆も持ってこなかったし……」

「いや、鉄筆なら先方に山ほどありますよ。ちゃんと貸してくれますから心配しないで、本学院でつちかった実力を発揮しておいでなさい」

どうやら、面接のさい実地に字を試されることがあるかも知れないということでの不安感を、彼女が担当者にふり向けているらしかった。担当者の声は、そういう藤沢さんをなぐさめるような、諭すような感じで聞こえてきた。

「……大丈夫かしら、あたし。この一カ月、鉄筆をにぎってませんでしたの」

と、なおも自信なさそうにしている藤沢さんに、担当者は、こう言って話を切りあげた。

「さ、元気を出して行ってらっしゃい。一緒に行ってもらう浦田さんはまだ少年ですからね、面倒みてやってくださいよ」

そして、椅子をずらす音がして、私は名前を呼ばれた。

「浦田さん。ちょっとこちらに」

「はい」

と、返事をして立って行くと、衝立の陰から、藤沢さんがハンドバッグを抱きしめるようにして先に出てきた。丸顔の頬が上気したようにほんのり染まっていた。視線が合うと、

「よろしくね」

と、彼女は短く言って笑いかけてきた。

それで私も不器用におじぎをしたが、返事につまった。何となく気まずい思いでつっ立っていると、あとから出てきた背のひくい担当者が、二人の胸のあたりに顔を向けて、こう言った。

「じゃ、がんばってきてください。なんですよ。先方は一名と言ってきていますが、場合によっては、えー、二名採用ということもあり得るわけですからな。そういうわけですから、面接結

果については直ちに本学院にお知らせ願いますよ」

その日、私と藤沢庸子さんは連れ立って皂角坂を降りた。

連れ立って、と言ったら私が一人前の男だったたような印象を与えるが、はたからは少しとしのはなれた姉弟といったふうにしか映らなかったであろう。そして実際、私の心持ちにしても、藤沢さんに対して、学院の応接室でこそちょっと対抗意識を燃やしたかたちだったが、いったん外に出て二人だけになると、それはしだいに薄らいで、かわりに派手なよそおいの女と肩をならべて歩く気恥ずかしさがわいてきて、そんな私には、真昼の明るい日射しがまぶしくてならなかったことも記憶に残っていることである。

道標には、皂角坂が「駿河台鈴木町の西端より土堤に沿いて三崎町の方へ下る坂」とあったが、二人はその三崎町の方へは降りないで、途中から左にまがり、猿楽町界隈の道をたどって神田小川町の大きな交差点に抜けたのだった。そして、石島孔版社は、その交差点のすぐ近くにあった。

T謄写学院と同様に、石島孔版社も今はなくなっている。そのことは、大分まえに通りがかりに立ち寄ってわかっている。当時においては、軽印刷といえばそのほとんどが謄写印刷だったが、この間の急激な世の中の変化と共に、それは今ではタイプ印刷とか写植に席巻されて、一見、商売としては跡形もないといった形勢なのだ。もし、今も石島孔版社がどこかで看板を出しているとしても、たぶん細ぼそとだろうし、あるいは繁昌しているとしたら石島タイプ社とでも名称をかえてのことだろうなどと、石島孔版社があったかつての裏路地にたたずんで思ったりしたことがあったのである。

と言って、謄写印刷そのものが業として用済みになってしまったのかと言えば、案に相違して今でも方々でちゃんと営まれているのだった。そのことを私が知ったのはつい最近になってのことだ。新聞の求人の広告に、〈筆耕者募集、但経験者に限る、赤坂瀬野孔版〉と二行ばかりあるのに目をとめて、フーンと思ったのだった。

私は、その瀬野孔版を赤坂にたずねた。ほかでもなく、私がアルバイトの口を探していたからである。それまでは共働きで、看護婦の妻に安定した収入があることをいいことにして、私は好きな出版の仕事に薄給にあまんじて携わっていた。ところが、若いころからあまり体の丈夫でなかった妻が重い病気にかかり、離職しなければならなくなった。

私はあわてた。小さい子供も二人いたので、当然のことながら、以後私ひとりの稼ぎで妻子を養わなければならなくなった。が、おりからの不況で望むような勤め口がなく、さまざまに思い悩んだ末、私はにわか勉強で法律関係のある資格をとることを思い立った。勉強中は、多少ともあった蓄えで食いつなぐことにした。けれど、その間まったく収入がなくてはなんとも心細い気がし、結局、昔とった杵柄といった感じのガリ切りのアルバイトをすることにしたのだった。

　ある民放のテレビやラジオの台本を一手に引きうけて謄写印刷業を営んでいた瀬野孔版に通いはじめたのは夏からだった。勤務は夜間で、午後六時から午前零時まで。給与は出来高払い。原紙一枚がラジオ台本百二十円、字数の少ないテレビ台本六十円という契約だった。

　それから数カ月後――もし、私が瀬野孔版で昔ながらにわびしい感じのガリ切りをするようなことがなかったら、皂角坂のいただきに立つようなことはなかったにちがいない。そして、藤沢庸子という女のことも思い出すこともなかったであろう。夜、赤坂のビルの谷間で、ひっそりと原紙のマス目に字を埋めていてふっと彼女のことが思い浮かんだとき、まだ若いはずなのに人生の有為転変というようなことも同時に思っていて、そんな感慨がいつしか懐旧の情にかわってぼんやりとなった。妻や子が寝静まった深夜、郊外のアパートに帰って古い日記帳を探し出し、女が藤沢庸子という名前だったことをたしかめたりしたのも、そんなある日のことだったのである。

　と言って、私にとって、彼女はただの行きずりのひとにすぎなかった。石島孔版社で一緒に働くことになったわけではなかったし、その後に顔を合わせるということもなかった。あの日一日のつき合いでしかなかったのである。

にもかかわらず、私は二十年もたって彼女のことを思い出した。おそらく、それは、彼女が私の初就職のライバルとも言うべき存在として立ちあらわれたからであったろう。また、石島孔版社に着くまでの二人が、呉越同舟というような言葉を思い起こさせるような関係にあったからにちがいない。そして、二人は、その日ちょうど昼食をとらなければならない時間を歩いていたのである。

あとから振り返れば、二人が石島孔版社までの道のりの中間にさしかかったときのことだった。神田小川町に抜ける近道を知っているという藤沢さんについて、彼女のあとを歩いていた私は、通りに一軒の中華食堂を見つけて足をとめた。腹がすいていた。学院を出るときからそうだったので、しきりと話しかけてくる藤沢さんにいろいろと答えている間も、グーッと腹が鳴るのを彼女に聞かれはしまいかと気にしながら歩いていたのだ。

早く昼食をとり、気持ちも落ち着けて面接をうけたかった。それで思いきって私の方から藤沢さんをその中華食堂に誘おうと口を開きかけたとき、そんな私に気づかないで少し先まで行っていた藤沢さんが、なにか落とし物をしたような感じの振り返りかたで顔をうしろに向けた。そして私と視線が合うと、彼女はその顔を微笑ませて手まねきした。ちょっとちょっと、というふうな慣れたしぐさだった。

咄嗟に怪訝な顔つきになった私の方に、彼女はふくらんだ胸をゆさっとゆらし、小走りになって戻ってきた。

「ねえ、浦田さん。あたしの家、すぐそこなのよ。寄っておソバでも食べない？　家にはあたしの祖母だけだから、遠慮はいらないわ。さっきから、あたし、そうするつもりだったの。ね、そうして？」

と、藤沢さんは、いまにも私の手をとりそうな気配をしめしたので、どきんとした。目のまえの彼女の顔からなまめいた化粧の匂いがただよった。それで私はひどくとまどってしまい、

「でも……」

と、その先を口ごもった。すると、藤沢さんは屈託なく、

「遠慮しないでいいのよ。どうせ素うどんぐらいしかごちそうできないんだから。さ、行きましょ、すぐそこなの」

と言い、あとは目顔で私を促して、くるりと体を返して歩き出した。

私は、あまりかたちがいいとは思えない彼女の脛のあたりに目をやりながら、黙ったままついて行った。

猿楽町の、そこの一室が藤沢さんの住まいだという木造二階建てのアパートの前に立ち、彼女が指さした二階を見上げると、裏路地に面した窓が風通しよく開け放たれていて、出窓には

ずらりと鉢植えが並んでいた。

鉢植えは季節の花は少なく、それぞれの赤茶色の鉢と葉の緑とが、少年の私の眼にも渋い対照で映った。

まもなく、それが藤沢さんの祖母にあたる老婆の道楽（あるいは趣味）であることが、私にもわかった。こびりついた泥が白っぽく乾いている木の階段を彼女についてのぼり、その私を、通路を奥に歩いて振り返った藤沢さんが、ドアを開けて中に入るとき、

「おばあちゃん、鉢にお水やったあ？　しおれてきてるのもあるみたいよー」

と言ったからだった。

すると、室内からしわがれた声が通路にも聞こえてきた。

「日射しが強くなってきたからねえ。……なんだいおまえ、いまごろ。もうすんだのかえ、その、なんとかというところ……」

「ううん。これからよ。通り道だったからね、ちょっと寄ったの。同じところをうけるひとと一緒なのよ。お昼、食べてもらおうと思って」

「そうかえ、お客さまかえ……」

「浦田さん。入って」

「……はい」

と、私はしたがった。

中は、手前が三畳ぐらいの台所、奥が六畳間で、中仕切りの薄いカーテンの隙間から、むこうの窓ぎわの蒲団の上で体を起こしかけているお婆さんの姿が目に入った。お婆さんは、寝巻きのえりをかき合わせ、うしろで饅頭のように丸めた白毛まじりの髪を櫛でかきあげている。

私が靴をぬいでいると、藤沢さんは中途半端に開いていたカーテンを思いきりよく左右に押しやった。すると六畳間がまる見えになり、隅の鴨居に派手な衣裳が吊り下げられていたりした。藤沢さんは、それを衣紋掛けごとそそくさと押し入れにおしこんでから、台所から運んできた丸い卓袱台の四方の脚を立てて、そこにすえた。

「楽にして休んでてね、浦田さん」

と言って、その彼女が流し台の方に立って行ってしまうと、途端に私は気づまりになった。

「……こんな恰好でごめんなさいましね。さ、お楽にして」

体を窮屈にし、膝頭をそろえて坐った私に、お婆さんはそう言ったが、彼女自身は卓袱台のむこう側の蒲団の上にちんまりと正座している。どこかで風鈴が鳴っていた。

台所で葱でもきざむような音を立てはじめた藤沢さんが、

「ねえ、おばあちゃん」

と、向こうむきのままで言った。「浦田さんはね、東京で一人で暮らしてるんですってよ。

十六なのですって。そうは見えないでしょ、落ち着いていて」

するとお婆さんは、

「まアー」

と、窪んだ両の眼を精いっぱい見開くようにし、大仰に感嘆してみせる風だった。「東京にお一人でねえ。おえらいわねえ。で、お国はどちら？」

私は額ににじんできた汗を右の手の甲でぬぐいながら、

「……福島県の平というところです」

と答えた。が、その平が福島県のどのあたりにあるのかを言わなければお婆さんに対して不親切だと思いながら、しかし言いよどんだ。常磐炭鉱に隣接した太平洋岸寄りの町だということは、道々、同じことを藤沢さんに聞かれて答えていたことなのだった。それでまったく同じ返事をするのが億劫だったし、話をしだせばあとがややこしくなってくることがわかるからだった。実際、そのころの私にとって家の事情を聞かれることほどいやなことはなかったのだ。

両親は健在かどうかと聞かれれば、いえ母だけですと答えなければならず、すると、お父さんはお亡くなりに？　ということになり、いえ、と打ち消せばいよいよ深みにはまり、結局、郷里の家のこみいった事情をあれやこれやしゃべらなければならなくなるのが常だったからである。そのうえ、その家を出て、単身上京している理由《わけ》を問われる羽目になるのもいつものことで、なおのこと気が滅入ってくる。

が、そのとき、お婆さんとの間でそういうことがぶりかえしそうになりながら、急に話題がそれて行ったのは、藤沢さんがこういうことを言ったからだった。

「……秀也が生きていたら、浦田さんくらいになっているかしらねえ、おばあちゃん。あたし、学院で浦田さんに会ったときから思い出していたの」

菜箸をにぎった手を遊ばせて、藤沢さんは六畳間の方に体をむけていた。

すると、お婆さんは眼を窪みの奥でなごませて私の体を見回すようにし、口の中で呟くように言った。

「……戦災のとき、秀也は七つだったからねえ。そりゃあ、もう大人になってますよ」

そして、何かを思いついたらしく、畳に両手をつき、お尻をもち上げる恰好で立ち上がった。

神経痛でも病んでいるのか、お婆さんは足袋をはいていて、その足をそろりそろりと前にすすませて簞笥の方に近づいて行った。目で追っていると、簞笥の上には仏壇がのせてあり、その中から小さな額縁入りの写真を手に取って、やはり用心深い足どりで引き返してきた。

「秀也は、この子のいちばん下の弟でしてねえ。かわいい子でしたんですよ」

と、お婆さんは言ったが、その口調は独台詞《ひとりぜりふ》のような感じで、私に写真をしめすこともなかった。坐り直した膝の上においたそれに見入っている様子だった。

私の位置からは写真をのぞくことはできなかった。そこに秀也という子がうつっているのだろう。いや、その子供だけではなく、藤沢さん一家が撮られているのかも知れない、という気が何となくした。

不意に、お婆さんは面を上げた。

「……お国でご両親さまはお達者でいらっしゃいますですか？」

何を口にするのかと思った私は、その唐突な話しかけにとまどった。が、お婆さんの声にはどこか切実で親身なひびきがあり、私は、今度はしっかりと答えなければならないと思った。

「……父は家を出ていておりませんが、母は郷里で元気で働いています」

お婆さんは、

「お父さんはお仕事で他の土地に？」

と言った。

「ええ。戦争が終わるころ家が潰れて、それから行方不明になったりして、今でもぼくには父の居どころがわからないんです。ですから、ぼくは、小さいころからずっと母に育てられました……」

まアー、というふうな口のかたちをしてみせたお婆さんは、しげしげと私の顔を見入りながら、

「……それじゃあ、ご苦労なすったわねえ」

と、感情のこもった声で言った。

「……あたしは、浦田さんのお母さん、えらいと思うわー」

と、ちょうどお盆にどんぶりをのせて卓袱台に運んできた藤沢さんが、立て膝の恰好で言葉をはさんだ。

「ほんとうにねえ」

と、お婆さんは嘆息して言った。「やっぱりいくさでねえ……。お母さんはお若いんでしょうに。うちでは、この子とわたくしだけ空襲のとき逃げのびましてね。この子にはずいぶんと苦労かけたんでございますよ」

「おばあちゃん、いいわよ。食べましょう」

藤沢さんは横坐りになって箸を配った。

「浦田さんもどうぞ。何もないけど」

「どうぞどうぞ、おあがりくださいまし」

と、お婆さんも言葉を添えた。

「はい。いただきます」

私は遠慮しないで食べようと思った。

藤沢さんの家にそんなに長居をしたわけではなく、うどんを食べ終わると、もう出かけなければならない時間になっていた。

藤沢さんが三人のどんぶりを重ねてお盆に戻しかけたとき、私は、部屋のドアが開くのに気づいた。女が顔をのぞかせていた。足首まである長いピンクのネグリジェをまとった女で、髪をカールしていた。

「ヨーコ」

と、その女はひそめた声で呼んだ。おそらく、私がそこにいたからであろう。

気づいた藤沢さんは、ちらっと気づかわしげな視線を私の方に走らせ、それから勢いよく立ち上がり、ワンピースの裾をひるがえして出入り口にむかって行った。

「……どうだった?」

「……ううん、これからよ」

「……そうなの。今日どうする?」

「……出るわ」

「……そう。じゃ、うまくやってきなさいよ」

「ごめんね」

それからは声が小さくなって聞きとれなかった。私は、何となくネグリジェの女がこちらを見ているような気がして顔を上げられなかった。その私の心の中を何かが掠めて動悸が早くなってきた。

藤沢さんの家を出る直前には、そんなこともあったのだった。それでだったのかどうか、外に出て歩き出すとまもなく、私の心持ちが、藤沢さんに対してはっきりと同情的になっていくのが自分でもわかった。

もうずいぶんと年寄りの祖母の面倒をみている、そういう身の上だった藤沢さんが、私をそんな気持ちにさせたのかと言えば、それもあったかも知れなかったが、しかしそれよりも彼女の今の職業におぼろげながら気づいたことが、少年だった私にはかなり鮮烈だったのである。学院の応接室ではじめて出会ったとき、ガリ切りなどという地味な仕事をするひとには思えなかった違和感の根っこをつきとめた感じの心の昂ぶりもあった。

そして、藤沢さんというひとが、少年の感受性からはひどく気の毒に思える類の職業から脱け出そうとして必死な思いでいる女に感じられてきたこともたしかだった。彼女は、そのために、自分に不向きとわかりながらガリ版の仕事を堅実なそれとみなしてT謄写学院に通い、夜は働きながらとうとう修了して、そうして石島孔版社へ就職を希望するようになったのだというふうに。

すると、私の心はみるみるうちに感動で満ちてきて、彼女の思いきった転身を首尾よくとげさせてやりたいという思いが胸いっぱいにひろがってきた。

それで私は、石島孔版社にむかって歩きながら、黙りこくりながらも口の中では呪文を唱えるようにこう繰り返していた。——社長さん。T謄写学院の話では一名採用ということだそうですけれど、二名採用していただくわけにはいかないでしょうか。

それはまたどうしてかね？　と石島孔版社の主人に問われたら返事に窮するにちがいなかったけれど、とにかく私は、何やら切実な気持ちで、そう口の中で呟きながら歩いていたのだった。

だが、それはやはり心の中だけでのことだった。それどころか、いよいよ石島孔版社に近づくと、私の緊張はしだいに高まって、自身の不安を押しこめるので精いっぱいになってきた。

「浦田さん」

と、藤沢さんが声をかけてきたのは、神田小川町の交差点を渡りきったときだった。先を歩いていた彼女が不意に立ちどまったので、私は危くぶつかりそうになり、かろうじてズック靴の爪先で踏みとどまった。その私の腕をとって、藤沢さんは舗道のわきに寄り、

「……がんばりましょうね」

と言った。

「……藤沢さんも、がんばってください」

と私は答えたが、言葉が乾いた喉にからまって力のこもった声にはならなかった。すると藤沢さんは、私を庇うようなしぐさで肩を引き寄せ、もう一方の腕を差し上げて、すぐそこの通りの角を指さして言った。

「石島孔版社はあそこの角を入ったところにあるの。小さな会社よ」

——石島孔版社のあるところをあらかじめ下調べしていたにちがいないと、私がそのときの藤沢さんの口ぶりから思い当たったのは、その日の夕刻になってのことだった。下宿に帰る電車の中で、先に面接をうけた彼女が、まっ赤に火照らせた頬を両手でくるむようにして応接室から出てきたときの姿を思い浮かべていてハッと気づいたのである。「……お先に失礼するわね。がんばってきて」とも、そのときに言われていたが、私も上がり気味で上の空だったのだ。

面接の結果は、その場で私が採用されることになったのだった。

石島孔版社の主人は頭のはげ上がった五十がらみの男で、前歯が一本欠けているせいかひどく間の抜けた人のいい顔をしていた。それに生来無口な性質《たち》らしく、口調が訥々としていて、いったん面接がはじまってしまうと、そういう主人の前で私はわりあい平静な態度の自分を感じた。

が、それでも家の事情や応募の理由を聞かれたときには、やはり胸がずきんとした。主人は私の履歴書を眺めながら、どうして高校を中退して働くつもりになったのかと言った。

「……事情があって父母が別居していまして、私は母の手で育てられました。母は郷里で働いておりますが、私の下に二人の子供がいて苦労しています。それで私は、東京の叔父を頼って上京し、高校に通っていたのですが、そのうちだんだん家の事情がわかってきて私も働くべきだと思うようになりました。ガリ切りは中学校のころからやっていましたので、T謄写学院を修了すれば仕事に就けるのではないかと思いました……」

前もって頭の中で組み立ててあった言葉を述べるのはわけはなかったが、しかし少年の自分が働くことを思い立ったその動機をわかってもらおうとする気持ちが先走って、すらすらと答えるというわけにはいかなかった。

道々、藤沢さんにもしゃべったことであったが、私は、一年前の夏、東京の名門高校に憧れて上京したのだった。ところが目ざした都立高校の補欠試験に不合格になり、落伍感にとらわれた。次の機会にと思っていったん私立高校に転校したが、通っているうちに希望した高校に入ることができなかった失意がわいてきて私は悩みだした。郷里の家のことをいろいろに考え出したのもそれからだった。

父が家を出たのは戦争直後に事業に失敗したからだったが、その後ずっと、母は苦労のしつづけだった。その母を思うと、仕送りをうけて勉強している自分が何か罪をおかしているような気持ちになり、働くことでその苦痛からのがれようとしていたのだった。

むろん、主人にそれやこれやのすべてを話したわけではなかったが、私がいい加減な気持ちで応募したのではないということを強調しようとして懸命に説明した。

主人は黙って聞いていて、私の言葉が途切れたとき、ボソリと言った。

「君は若いのにいい字を書くね」

学院から送られていた習作に目を落としていた主人の表情がなごんでいた。私の胸にさっと光が射しこんできたのはそのときだった。大丈夫だ、と思った。

すると、案の定、主人は、

「うちに来てもらいましょう」

と言った。

咄嗟に言うべき言葉が見つからないでいると、

「いつから来れますかね」

と主人は応接室のあちらこちらを見回した。カレンダーを探しているのだった。私は、その主人の視線がこちらに戻ってくるのを待って、極力、気持ちを抑えて返事した。

「いつからでもいいです」

——二十分後、私は皇角坂を駈けのぼっていた。石島孔版社を出てから、小走りしたいような気持ちを無理にも抑えて坂下まで戻ってきた。が、急坂を見上げたら途端に走り出していた。学院の担当者に早く報告し、礼を言わなければならなかった。

それにしても、その場で採用が決まるとは思ってもいないことだった。その思いがけなさとうれしさがこみあげてきて、学院のせまい出入り口に駈けこんだときの私の心は藤沢さんのことも忘れてはしゃぐような無邪気さだった。

職員室の書類の山の陰に担当者を見つけて、私は近寄って行った。

「あのー」

と、ほころぶ口もとを引き締めて、半ば意識的に口ごもっていると、担当者は気づいて顔を上げた。鼻のあたまにずり落ちていた老眼鏡《めがね》を指でおしあげてから、

「どうしました?　決まりましたか?」

と言った。

「はい。ありがとうございました」

頭をぺこんと下げて、私はニコニコした。

「そうですか。それはよかった。で、わざわざ寄ってくれたわけですな。いや、ご苦労さまでした」

「これからもお世話になると思いますので、よろしくおねがいします。これで失礼します」

と、私がもう一度おじぎをしてその場を立ち去りかけたとき、担当者が、

「ああ、そうだった。浦田さん」

と言って椅子から立ち上がった。

「はい」

と答えてふり返った私に、担当者はこう言った。「いましがた、一緒に行ってもらった女の方、えー、藤沢さんでしたかな。あの方から電話がありまして、浦田さんに元気でやるようにとのことでした。お母さんを大切にがんばってください、と言ってたかな。とにかくそういう伝言です。……なんですよ、浦田さんは運がよかった。あの方には気の毒だったが、私ははじめからあなたが採用されると思ってましたよ。ま、藤沢さんは面接のさい、やはり自信がなかったのか、あるいは、あなたにゆずろうと考えたのか、その場で辞退したということのようです、電話の話では。いや、これは仕方のないことです。あなたが気にすることではありません」

ウンウンと、しきりに顔を縦に振るのは、その年配の担当者の何気ないくせなのかも知れなかった。

けれども、その顔の振り具合が、そのときはひどく重々しいしぐさに見えて、瞬間、私はまばたきできない目になってその場につっ立っていた。

あとがき

ここに収めた父と子を主題にした連作をめぐっては、あらためてなにも言うべきことはなく、いまは以下のことを記しておきたい気持ちばかりがつよい。

いずれも無償で、名のある写真家が一度のつき合いが機縁となって口絵撮影を引き受けてくれ、古い友人の奥さんが装丁を引き受けてくれ、仕事上の先輩や友人が校正を担当してくれ、というようにして、この本ができた。また、別刷りの折り込みに寄稿していただいた先生がたや友人たちの親切と激励なしには、この本はできなかった。貧しい一家族の物語が、このようなかたちをなしたのは、そういう助力とあつい友情があってのことであり、私としては、どのようにお礼を申してよいか、家族ともども、ただ感謝の気持ちでいっぱいである。

手づくりの本をこしらえるにあたって、七月堂主人・木村栄治氏にめぐり会えたことも幸運だった。さらに、初出誌『民主文学』に発表するさい、あるいは文学を志しての人生のおりおりの節で、同誌編集長である中野健二氏には、度重なる励ましをうけた。記して深く謝意を表するしだいである。

一九七八年十月

佐藤光良

初出誌

父のこけし　『民主文学』昭和四十九年三月号（新日本出版社刊『現代の小説』に収録）
初挽き　『民主文学』昭和五十年七月号（『福島県文学集23』に収録）
（父を継ぐ子・改題）
遺作　『民主文学』昭和五十二年九月号
肩車　『民主文学』昭和五十二年十月号
皂角坂　『民主文学』昭和五十三年五月号

装幀　田畑木利子
口絵撮影　田辺　順一
口絵＝梅吉型（佐藤誠 作）

佐藤光良（さとう　みつよし）
一九四一年福島県平生まれ。
日本民主主義文学同盟所属。
「父を継ぐ子」で昭和五十年度福島県文学賞入賞

父のこけし

一九七八年十一月三日発行

著　者　佐藤光良
東京都杉並区浜田山四—二九—一八　石原荘

発行者　木村栄治

印　刷　第一印刷ＫＫ

製　本　鈴木製本

発行所　七月堂
〒154　東京都世田谷区梅丘1—24—2
電話　03—426—5972
振替　東京7—80691

定　価　一、二〇〇円

付録　父のこけしに寄せて（旧版栞文）

佐藤光良『父のこけし』に寄せて

東京都世田谷区
梅丘1−24−2
七月堂

優しさの文学

霜多正次

佐藤光良の小説の魅力は、作者の心の優しさということではないかと思う。

彼はこけし工人としての父の波乱に満ちた生涯を中心に、自分たち一家のことを、たぶんかなり事実にそくして（と思える）書いている。そして、父や母、弟妹やその他の人人に対する作者の目は、たいへん暖かく優しい。

そのような優しさは、彼の生来の資質だと思えるが、しかしそれが文学作品に昇華するためには、ある転機が必要だったろうと思う。

「父のこけし」によれば、作者の分身と思える「私」が、父の生涯に強い関心をもつようになるのは、父の死の前後からである。それまでは、ながく放浪生活をして一家を不幸に陥れた父を、むしろ憎んでいたが、死の前後からその生涯を客観化することができるようになった。そして、憎しみはかえって父への理解と親愛を深めることになった。

この転機が、たぶん佐藤光良に小説を書かせるようになったのだと思う。その転機は、たぶん、個人的な感情や倫理観や、既成観念などによって人間を裁断せず、愛情をもって客観的に深く理解するという、文学精神の基本を体得させたにちがいない。そして父を見る暖かい目は、母や弟妹やその他の人たちにも一様にそそがれるようになったのだと思う。

あるこけし工人とその家族

土橋慶三

『父のこけし』の原稿を佐藤光良君から受けとった私は、内心重苦しい気持でいっぱいだった。果して光良君は、どの程度、こけし工人であり父である誠《まこと》を理解しているのか、お母さんに対する愛情とその気持がどんなふうに今日まで成長してきたのか、それを知ることと、つかむことが私にとって第一の条件だった。

ところが、この創作集を読んで、私の危惧は一変し、素晴しい成果を挙げていることが判った。すなわち、私の最初の不審、不安は消え去り、長男の光良君が母と弟と妹をかばい、とくに母が老いた父をかばい、必死になって長い間、別れて暮している子供らとの間を繋なごうとした努力は、すべての過去のいやないきさつを一切捨て去って、この創作集を読んでいるわれわれ自身をも引きつけざるを得ない筆力を発見することができるからだ。

もう一つ読んでいてひどく私を感動させたことは、弟誠孝君（小説では誠治君）の生きる姿である。若いころから苦労して父のいない家庭で女腕一つで子供三人を育て上げた母親の苦渋にみちた生活のたたかいを思い、学校を出て外国船員となって働いた給料をせっせと母に送金し、旅館業独立のために母に協力する。さらに父の死後、自ら父の伝統こけしを継ごうと下船して、母が経営しだした東北福島の山村にある旅館業を手伝うかたわら、旅館の一角にこけし作りの小屋を建て、父の遺品のロクロを据えつけて父の偉業を継ぎ、こけし作りに精を出す姿は、読むものの胸を強く打つ。

ここで、私も現在の気持を一言述べておきたい。父誠の死後、お母さんから私のところへ手紙がきて、いろいろ援助して欲しいと要望があった。また、弟誠孝君からも、おやじのこけしを継ぎたいので指導して欲しいと申入れがあったが、私のその時の心境はお母さんの苦労もよく理解しなかったし、三人の子供をかかえての生活苦もよく状況が判らなかったばかりか知らなかった。また、誠孝君の人まえ、腕まえ、将来性について、おやじを継ぐだけの資格があるのかどうかよく判らなかったので、お母さんにも誠孝君にも手紙を出さなかった。

しかし、今度のこの光良君の創作集によって、私の胸中にある一切の不審、不安は消え去った。とくにお母さんの

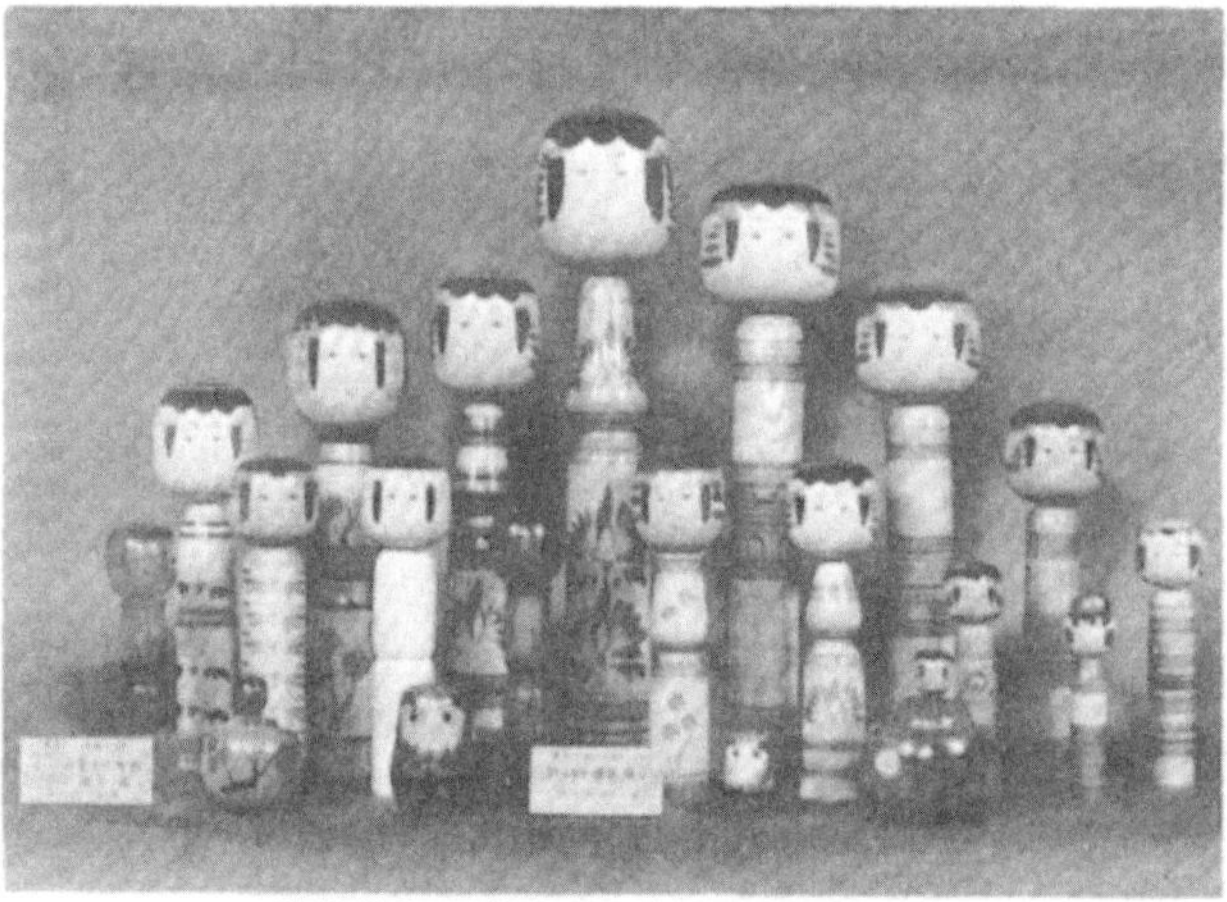

弥治郎系工人佐藤誠の遺作（佐藤秀子所蔵）

苦労には涙の出るほど感動し、誠孝君の真剣な努力に対しても全幅の信頼を持つことができた。私は、できることなら、故人の霊を慰める意味においても、でき得る限りの協力を惜しみたくないと思った。

この創作集を読んで結論として言えることは、光良君が少年時代から抱いたおやじに対する不審感を拭ぐい去る契機として、こけし工人としての父を見直し、母の愛情や苦労に対しても兄弟が結束して前進を起こさせた素晴しい判断と決断が、暗かった過去の佐藤家にとって最高のものになるであろうことである。私もそこに期待をもつものである。

右は子・佐藤誠孝作

＊佐藤誠孝は、福島県いわき市内郷綴町金谷十の四にこけし工房をもち、父佐藤誠を継いで伝統こけしを挽いている

〃暗いかげり〃の秘密

高萩条雄

私が佐藤光良君と知り合ったのは、たしか一九五八年の春、彼が夜間高校の三年生だったときだったかと思う。その頃、彼は高校生弁論大会かなにかで、「母と子をむすぶモラル」というような題で優勝したと聞いていたが、知をひけらかすようなところを少しも感じさせないばかりか、つねに控え目でいて、みずから苦労を求めるやさしい若者だった。

その頃、私たちのまわりには、製糸工場や電話交換、郵便局や国鉄、印刷、金属工場などで働く若者たちが数十名集っていた。光良君はその中では最年少の一人だった。これらの若者たちはさまざまな違いはあっても、しいたげられた者同士、互いに友を求め、それを力に社会の変革に立ち向かおうとしていたのであった。

光良君は余儀なく夜間の高校に通いながら、高校にも行けず製糸工場で働く娘たちや若者たちの生い立ちや、生きる努力を熱心に学びながら、若者らしいひたむきさで快活さをとりもどしたようであった。

だが私たちは、ときとしてみせる彼のやさしさの裏に〃暗いかげり〃を感じることがあった。それは彼の父親の存在と深くかかわりあっているのを感じながらも、いつか気にもしなくなっていったのであった。

光良君が東京に出てからもう十八年になるだろうか。私たちは彼の作品がはじめて『民主文学』誌上に掲載されてから、何年か過ぎて「父のこけし」を、さらには「遺作」「肩車」「皂角坂」と作品を読み重ねてきて、彼が長い年月、胸によどみつづけてきたであろう〃暗いかげり〃がなんであったかを知った。と同時に、それはしいたげられた者への共感とやさしさ、それを生みだした者への〃抗議〃となってひろがっているように思えるのである。

「皂角坂」を読む

熊谷マス子

「高度成長」のもたらした鬼ッ子である構造不況が貧乏神としてすっかり居すわってしまった昨今、ターミナルの地下道にたむろする浮浪者たちも見なれた光景の一部になってしまった。中年すぎの、なかには六十歳をこした人もいる浮浪者たちをしり目に、ラッシュに身をもまれる人びとのだれしもが、明日はわが身と思わずにはいられないだろう。

浮浪者のなかに、不思議と女性がいないが、女は最後の手段を行使できるからか、などと心寒く考えてしまう日も多い。不況のとき、真っ先にその下敷になる層がいて、その反対に、好況・不況にかかわらずいつも白い手にブランデーのグラスをかかえている層もいる。

「皂角坂」は、まさに水位を同じくする人びとの間に起こったドラマである。昭和三十三年頃、病気の祖母をかかえて春をひさぐことで生きている娘が、堅気の仕事につこうと心に決めて筆耕の技術を身につける。そして、いざ就職しようとして、面接の日、同じ会社を受験する十六歳の少年が恵まれない家庭環境にあるのを知ってか、失くした弟を思い出してか、職を少年にゆずってしまう。

少年は、成人してからも不如意な生活を送っており、再び筆耕の技術が生きるようになった現在から、少年の日を思い出すかたちで書かれている。舞台設定としては十分に下世話な話になる要素をもっている。そうならないで、読後にさわやかなものを感じさせるのは、水位の高さの共有にほかならないだろう。階級意識というと無骨に聞えるが、下敷者の意識を作者が深くもっているところからくる、そういう同じ水位にある人びとへの心のよみが、裸電球に照らし出されるように陰影深く書きこまれている。これまで佐藤氏の作品に打ち明け話的な要素がなきにしもあらずであったが、それが克服されている。

佐藤光良さんの文体

武藤　功

新人作家が文体をもつということはなかなかむずかしい。だから、文体をもった新人作家はそうざらにはいない。もちろん、作家の文体は長い作家活動のなかで磨きあげていくものであって、一朝一夕になるものではないから、新人作家に要求するのは適切ではないかも知れない。しかし、新人作家であっても小説を書く以上、その文体は問われなければならないし、新人にふさわしい個性もあるはずだ。しかも小説を作家から独立させて、小説に本来のリアリティを保障するのは他ならぬ文体だから、文体の問題は小説の生命にかかわる重要問題だ。

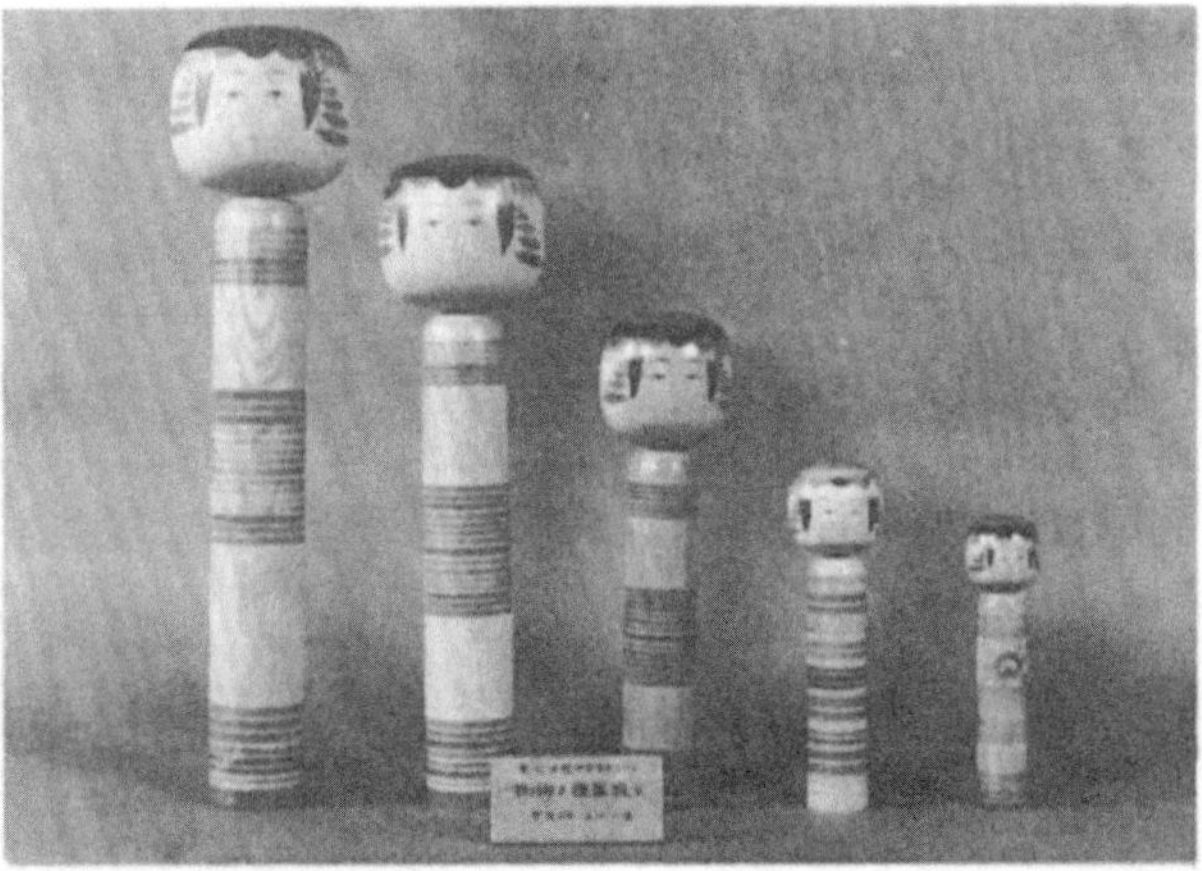

佐藤光良さんは、そうした意味で文体をもっている新人作家の一人だと思う。文体をもっているということは文学的な人格としての作家主体をもっているということと同義であるが、佐藤光良さんの独自性はその文体を生活者の眼を通して築きあげたというところにあるだろう。自らひたむきに生きることにおいて、佐藤光良さんは自分を見つめ、他者たちを見つめてきた。その人間たちの歴史と土地の展開のなかで、佐藤光良さんの文学的な認識が深められ、表現が形をつくった。「父のこけし」以来「皂角坂」に至る文学的営為は、その確実な所産であった。それらの所産によって最初の短篇集が編まれるということは、佐藤光良さん個人にとどまらず、民主主義文学運動に参加する新人にとっても共通の意義をもつに違いない。

たしかに、佐藤光良さんの作品世界には「小さくまとまった手固さ」と受け取られるようなところがないわけではない。それは佐藤光良さんの作品には、〝作風〟といったニュアンスで見ることを誘うものがあるからだが、しかしその文体は決して単なる作風をあらわしているのではない。それはもっと硬質で強いものだ。佐藤光良さんが現実を見るときの強さがそこにはなまなましく生きている。

（一九七八年一二月三一日「しんぶん赤旗」に掲載）

「遺作」のゆくえ

佐藤光良

ゆえあって父のこけしを売りに出す

たぶん、これは作者自身の身の上ばなしであろう――そう読まれてもいっこうに差しつかえないと思い、すすんでそういう手法で書いた『父のこけし』収録の五つの連作の中でも、「父のこけし」「初挽き」のあと、三つ目の「遺作」はとりわけ実話に近い。

生前、こけしの型が激変する工人として注目され、その型の激変が、放浪癖とともに人生そのものの波乱によっていることが通説となってある種の本に記されていた亡父を書いたのが表題作で、「初挽き」では、弟が思い立って父の死後に父を継ぐ決心をする事情をこまごまと書いた。そして、次が『遺作』。

しかし、集中三ばん目のこの小品は、話の順序からすると、実は二ばん目におくべきもので、筋としてもその方がとおる。その理由をここでいえば、――父が急死した、死んだあとに遺産などというものはこれっぽっちもなかったけれど、父が挽《ひ》いたこけしだけは少なくない数で遺族にのこされた、つまりそれが遺作というわけだが、それを私たち遺族がどうしたか？ といういきさつを書いたのが「遺作」で、話はまったく表題作とひとつらなりなのだった。

すでに読んでいただいている方にはくり返しになり、はたまた自作解説めいたことを書くのは恐縮だが、私たち遺族は、父が遺したこけしを理由《わけ》あって売りに出すことになった。ありのままをいうと、お金がほしかったのだ。ちょうどオイル・ショックのころのことで逼迫《ひっぱく》していた家計の足しにするためと、同時に、弟が父を継いでこけし作りをはじめるとなると、やはり元手が必要で、一も二もなくおやじの力をかりようということになったのである。せっかくの遺作を手放すのは惜しい気がしたが、感傷はふりきった。

取り戻すと力んでみてもすべはなく

遺作をひき取ってくれるこけし店が決まり、母と私で大きな風呂敷包を運び込んだのは四十九年の暮れのことだった。その帰り道、ふりきったつもりの感傷が知らず知らずのうちにぶりかえしてきて困った憶《おぼ》えがある。そのときの気持ちを、私は「遺作」の結びでこう書いた。「どういうものか、歩いていると、しだいに怒りに似た激しい感情が胸と喉もとにこみあげてきた。そして、いまさっき、それを手放したばかりだというのに、もう私は、こう思っていた。いつかとり戻してやる、いつか……。母も口をつぐんだまま歩いていた」。

ところで、その後、そのときの遺作はどうなったか。ある資料によって記すと「五十年二月、故佐藤誠遺作展を行い、四寸から二尺まで約一〇〇本を展示即売した」とあり、どうやら、遺作は方々のこけし蒐集家の手にちって、いまさらとり戻してやると力んでみても、どうにもならなくなっている。そうとわかってからは、とり戻すべきは遺作そのものではなくて、他の何かであると思い決めて、私は小説書きに熱中した。そして――そうして私の『父のこけし』ができ上がった。

それは気骨ある店主の手元にあった

私は、あのとき恩義をうけたこけし店の店主に小説集を送った。すると、速達がきた。あなたの小説に感銘をうけた、ついては相談いたしたいことがあるので「一度小生の処へ遊びに来られませんか」とあって、速達にもびっくりしたが、さっそく出かけてみてなおびっくりした。父の遺作が、その店主の手元にちゃんと残っているではないか。正確には、あのとき手放したうちのいいこけしのすべてが、私の目の前にある。

それらを示して店主がいうには、佐藤誠を継いだあなたの弟に、この全部をお手本として提供します、ひとつ弟さんにお父さんをしのぐ工人になってもらおうではないですか、どうですか光良君！

その夜、私はことのなりゆきを郷里の母と弟に電話で伝えたあと、ひとり机に向かって涙をこぼした。気骨のある店主の厚意に感謝しながらも、おれの小説が遺作をとり戻すことになったと、そう思い、両の手をにぎって空《くう》をにらんだ。もちろん、小説のうえではこれでよしとするわけにはいかなかったけれど、ひとまず遺作のゆくえをつきとめた感じが、私にはたとえようもなかった。

父のこけし　新装版

二〇一八年三月一日　発行

著　者　佐藤　光良

発行者　知念　明子
発行所　七　月　堂
〒一五六―〇〇四三　東京都世田谷区松原二―二六―六
電話　〇三―三三二五―五七一七
FAX　〇三―三三二五―五七三一

印刷・製本　渋谷文泉閣

Printed in Japan
ISBN 978-4-87944-313-7 C0093